Interme

French Short Stories

Volume 2

10 AMAZING SHORT TALES TO LEARN FRENCH & QUICKLY GROW YOUR VOCABULARY THE FUN WAY!

TOURI

https://touri.co/

ISBN: 978-1-953149-26-8

Contents

RESOURCES

TOURI.CO

Some of the best ways to become fluent in a new language is through repetition, memorization and conversation. If you would like to practice your newly learned vocabulary, Touri offers live fun and immersive 1-on-1 online language lessons with native instructors at nearly anytime of the day. For more information go to Touri.co right now.

FACEBOOK GROUP
Learn Spanish - Touri Language Learning

Learn French - Touri Language Learning

YOUTUBE
Touri Language Learning Channel

ANDROID APP
Learn Spanish App for Beginners

BOOKS

SPANISH

Conversational Spanish Dialogues: 50 Spanish Conversations and Short Stories

Spanish Short Stories (Volume 1): 10 Exciting Short Stories to Easily Learn Spanish & Improve Your Vocabulary

Spanish Short Stories (Volume 2): 10 Exciting Short Stories to Easily Learn Spanish & Improve Your Vocabulary

Intermediate Spanish Short Stories (Volume 1): 10 Amazing Short Tales to Learn Spanish & Quickly Grow Your Vocabulary the Fun Way!

Intermediate Spanish Short Stories (Volume 2): 10 Amazing Short Tales to Learn Spanish & Quickly Grow Your Vocabulary the Fun Way!

100 Days of Real World Spanish: Useful Words & Phrases for All Levels to Help You Become Fluent Faster

100 Day Medical Spanish Challenge: Daily List of Relevant Medical Spanish Words & Phrases to Help You Become Fluent

FRENCH

Conversational French Dialogues: 50 French Conversations and Short Stories

French Short Stories for Beginners (Volume 1): 10 Exciting Short Stories to Easily Learn French & Improve Your Vocabulary

French Short Stories for Beginners (Volume 2): 10 Exciting Short Stories to Easily Learn French & Improve Your Vocabulary

3

Intermediate French Short Stories (Volume 1): 10 Amazing Short Tales to Learn French & Quickly Grow Your Vocabulary the Fun Way!

Intermediate French Short Stories (Volume 2): 10 Amazing Short Tales to Learn French & Quickly Grow Your Vocabulary the Fun Way!

ITALIAN

Conversational Italian Dialogues: 50 Italian Conversations and Short Stories

Italian Short Stories (Volume 1): 10 Exciting Short Stories to Easily Learn Italian & Improve Your Vocabulary

PORTUGUESE

Conversational Portuguese Dialogues: 50 Portuguese Conversations and Short Stories

ARABIC

Conversational Arabic Dialogues: 50 Arabic Conversations and Short Stories

RUSSIAN

Conversational Russian Dialogues: 50 Russian Conversations and Short Stories

CHINESE

Conversational Chinese Dialogues: 50 Chinese Conversations and Short Stories

Why We Wrote This Book

We realize how difficult it can be to learn a language. Most often learners do not know where to start and can easily feel overwhelmed at tackling a new language.

At Touri, we have identified a gap in the market for engaging, helpful and easy to read French stories for all levels. We believe it is much easier to understand words in context in story form as opposed to studying verb conjugations or learning the rules of the language. Don't get us wrong, understanding the construction of the language is important, but the more practical approach is to learn a subset of words that you as a learner can practice with today.

Our goal is to provide learning material that is engaging to make learning French fun. We want you to feel confident when speaking with native speakers, even if it's just a few words. The key is to focus on building a foundation of commonly used words and you'll be setting yourself up for long-term success.

HOW TO READ THIS BOOK

Intermediate French Short Stories Volume 2 is filled with engaging stories, intermediate vocabulary and memorable characters that make learning French a breeze!

Each story has been written in with you the reader in mind. The best way to read this book is to:

a.) Read the story without worrying about completely understanding the story but making note of the vocabulary you do not understand.

b.) Using the two summaries, French and English provided after each story take the time to make sure that you got a full grasp of what happened. Doing this will help you with your comprehension skills.

c.) Go back through the story and read it again after having a better grasp of what happened. You may take a more concentrated approach to trying to understand everything, but it's not necessary.

d.) Sprinkled throughout each story you will also find vocabulary words in bold, with a translation of each of these words found at the end of the stories. This is also another great way for you to expand your vocabulary and start using them in sentences.

e.) We want you to get the most out of this book and learn as much as possible, which is why we have also included a list of multiple choice questions that will test your understanding and memory of the tale. The answers can be found on the following page.

f.) Most importantly, have fun while you're exploring a whole new world and learning French! We are so excited for the journey you're about to embark on!

FREE FRENCH VIDEO COURSE

200+ words and phrases in audio
you can start using today!
Get it while it's available

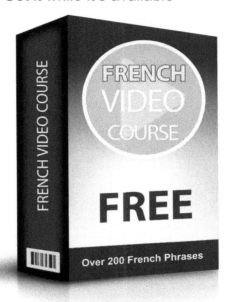

https://touri.co/freefrenchvideocourse-french-iss-vol2/

CHAPTER 1. NUAGE ET MONTGOLFIERE ?

-Et ils **vécurent** heureux jusqu'à la fin de leurs jours. Fin. Papa conclut son histoire et ferma le livre de **contes de fées** avant de le poser sur la **table de chevet** de sa fille. -Alors, ma chérie? Qu'as-tu pensé de l'histoire de ce soir? Demanda-t-il.

Mathilde **se tortilla** dans son lit et serra sa **peluche** dans ses bras. -C'était une très belle histoire. Je suis contente que le prince et la princesse ont eu une fin heureuse. Commenta-t-elle avec un petit sourire adorable. -Tu veux bien m'en raconter une autre?

Papa lui sourit et se leva de la chaise qu'il occupait pour embrasser la fillette. -Je vais te raconter une autre histoire demain. Maintenant, tu dois te coucher. Lui dit-il. -Bonne nuit, Mathy. Je t'aime ma chérie.

La petite fille ne fit pas de caprice et hocha la tête. -Bonne nuit, Papa. Je t'aime aussi. Dit-elle avant de fermer les yeux.

Mathilde n'arriva pas à s'endormir **sur le champ** et se retourna dans son lit plusieurs fois. Elle fit face à la fenêtre et admira la lune qui brillait parmi les **nuages moelleux**. Ces derniers avaient l'air tellement confortables ! Cela lui rappela les publicités de **matelas** qu'elle avait vu sur la télévision qui comparaient leurs produits aux nuages et elle se demanda si c'était bien le cas. Elle aimerait bien aller dormir sur les nuages et les tester elle même pour donner le verdict aux **fabricants** de **matelas**. Certains allait sûrement être déçus de savoir qu'**ils avaient tort** dans leurs **propos**.

Mathilde garda ses yeux sur les gros nuages **éclairés** par la lune et commença à imaginer son **voyage** vers l'un d'eux.

Elle s'imagina dans un **champ** où se trouvait un grand **ballon de montgolfière**. Le pilote **lui fit signe de la main** et elle se **dirigea vers lui** avec anticipation. Une fois qu'elle était **assez proche** de l'homme pour le **reconnaître**, elle vit que c'était son **oncle**. Celui-ci lui dit qu'il l'attendait depuis quelques **dizaines** de minutes.

-J'ai entendu dire que tu veux aller **passer une nuit sur les nuages**. lui dit-il.

Mathilde **hocha la tête** en affirmatif.

-Et bien, monte dans la **nacelle**! Je vais t'y emmener. Le ballon est déjà **gonflé**, on n'attend que toi.

Mathy, regarda autour d'elle et **prit la main tendu de son oncle** qui l'aida par la suite à monter dans la **nacelle** avant d'y monter à son tour.

-**Tu n'as pas peur des hauteurs**, n'est-ce pas?" Il lui posa la question en **bricolant les brûleurs** de la montgolfière.

-Non, ça ira. Répondit-elle en l'observant.

-Très bien. Je sais que la destination est très importante pour toi. Mais, essaie quand même de profiter du voyage! **La vue est magnifique d'en haut**! Lui promit-il avec enthousiasme.

Le ballon commença à **prendre de l'altitude** grâce a l'air chaud dégagé par les brûleurs et Mathy **tint les bords** de la **nacelle**.

-Regarde, on peut déjà voir le village! Son oncle, **clairement plus habitué à l'activité**, lui dit.

Après quelques moments, la fillette s'était détendue et fixa son attention sur **les petites lueurs du village**. Elle **ne pouvait pas voir grand-chose** car il faisait nuit, mais les lumières qui **scintillaient** en bas étaient très belles **vues du ciel**.

Lorsque le ballon arriva à la hauteur des nuages, l'oncle de Mathy jeta un **crochet attaché à une corde** sur le nuage et s'en servit pour les rapprocher de celui-ci.

-Nous voilà arrivés, Lui dit-il. -Je reviens te chercher demain après-midi. **Fais attention aux vents**! Si ton nuage est emporté par un couloir trop violent, essai de sauter sur un autre qui bouge moins rapidement.

-D'accord. Mathy acquiesça puis dit au revoir à son oncle.

Une fois seule sur le grand nuage, elle fit quelques pas **pour tester sa robustesse**. La douce sensation du nuage, plus légère que du coton et plus **soyeuse** que du satin la fit sourire de contentement et elle commença tantôt à sauter tantôt à courir. **Elle tâcha d'éviter les bords**, bien que son oncle l'ait mis sur un nuage qui avait d'autres nuages en dessous, sûrement pour lui servir de **filet de sécurité** si jamais elle venait à tomber.

Lorsqu'elle se fatigua, elle s'allongea sur une partie qui avait une petite **bosse**, celle-ci lui servit d'**oreiller** et, **bercée par le**

11

lent mouvement du nuage à travers le ciel, elle s'endormit. Elle rêva de fées et de princesses et de créatures fantastiques. Et lorsque le jour se leva enfin, un doux rayon de soleil **lui chatouilla le visage** et la réveilla tendrement avec sa **chaleur subtile**.

Elle se leva et alla au bord du nuage. **Elle se pencha** en avant et vit un groupe d'oiseaux qui migraient vers des **régions plus chaudes**. Ils étaient magnifiques et elle en avait le souffle coupé. Quelques moments plus tard, deux **colombes** qui tenaient les extrémités d'un panier dans leurs **becs** se posèrent sur le nuage. Mathy **trouva un petit mot dans le panier** qui lui avait été adressé par son oncle. Il lui avait dit que le panier contenait son petit déjeuner et il l'informa qu'elle pouvait **puiser de l'eau des nuages les plus lourds** à sa proximité pour faire sa toilette. Elle mangea ce qui était dans le panier et partagea sa brioche avec les **colombes** puis s'assied sur le bord du nuage pour admirer le **paysage** à la lumière du jour. La terre était divisée en plusieurs parties. Les **pâturages** étaient d'un vert éclatant, **les champs de coquelicots** avaient l'apparence de **tapis** rouges et **les champs de blé** paraissaient presque **dorés**. Les toit des maisons ajoutaient des couleurs bleues et rouges et **les troupeaux de bétail** étaient semés un peu partout.

Peu après, elle aperçu le ballon de son oncle et se réjouit à l'idée de rentrer chez elle. Sa petite aventure était merveilleuse mais **elle se sentait un peu seule**.

Lorsqu'elle se réveilla de son rêve, **ce fut son tour de raconter une histoire à son père**. L'histoire de la petite fille qui avait fait un **baptême de l'air** et qui avait passé une nuit sur les nuages.

VOCABULARY

Vécurent: *Lived*

Contes de fées: *Fairy tales*

Table de chevet: *Bedside table*

Se tortilla: *Squirmed*

Peluche: *Stuffed animal*

Sur le champ: *Immediately*

Nuages moelleux: *Fluffy clouds*

Matelas: *Mattresses*

Fabricants: *Manufacturers*

Ils avaient tort: *They were wrong*

Propos: *Statements*

Éclairés: *Lit*

Voyage: *Travel*

Champ: *Field*

Ballon de montgolfière: *Hot air balloon*

Lui fit signe de la main: *He waved his hand*

Dirigea vers lui: *Headed towards him*

Assez proche: *Close enough*

Reconnaître: *To recognize*

Oncle: *Uncle*

Dizaines: *Tens, Groups of ten*

Passer une nuit sur les nuages: *To spend the night on the clouds*

Hocha la tête: *Nodded her head*

Nacelle: *Nacelle, the basket-like part of a hot air balloon*

Gonflé: *Inflated*

Prit la main tendu de son oncle: *Took the extended hand of her uncle*

Tu n'as pas peur des hauteurs: *You're not afraid of heights*

Bricolant les brûleurs: *Fussing with the burners*

La vue est magnifique d'en haut: *The view is magnificent from above*

Prendre de l'altitude: *To gain altitude*

Tint les bords: *Held the edges*

Clairement plus habitué à l'activité: *Clearly more used to the activity*

Les petites lueurs du village: *The small lights of the village*

Ne pouvait pas voir grand chose: *Couldn't see much*

Scintillaient: *Spakrled*

Vues du ciel: *Seen from the sky*

Crochet attaché à une corde: *Hook attached to a rope*

Fais attention aux vents: *Be careful of the winds*

Pour tester sa robustesse: *To test its strength*

Soyeuse: *Silky*

Elle tâcha d'éviter les bords: *She made sure to avoid the edges*

Filet de sécurité: *Safety net*

Bosse: *Bump*

Oreiller: *Pillow*

Bercée par le lent mouvement du nuage: *Lulled by the small movement of the cloud*

Lui chatouilla le visage: *Tickled her face*

Chaleur subtile: *Subtle heat*

Elle se pencha: *She leaned forwards*

Régions plus chaudes: *Warmer regions*

Colombes: *Doves*

Becs: *Beaks*

Trouva un petit mot dans le panier: *Found a little note in the basket*

Puiser de l'eau des nuages les plus lourds: *To get water from the heaviest clouds*

Paysage: *Landscape*

Pâturages: *Pastures*

Les champs de coquelicots: *The poppy fields*

Tapis: *Carpet*

Les champs de blé: *The wheat fields*

Dorés: *Golden*

Les troupeaux de bétail: *The herd of cattle*

Elle se sentait un peu seule: *She felt a bit lonely*

Ce fut son tour de raconter une histoire à son père: *It was her turn to tell a story to her father*

Baptême de l'air: *Flight in a hot air balloon*

RESUME DE L'HISTOIRE

Mathilde essayait de s'endormir après avoir écouté une histoire quand elle vit un nuage depuis la fenêtre et commença à penser à y passer la nuit. Elle commença à rêvasser peu après et imagina que son oncle l'avait emmener sur une montgolfière à un grand nuage. La petite fille avait aimé la sensation de marcher sur la surface soyeuse du nuage et s'y endormit. Quand le matin arriva, elle se réveilla et vit deux colombes lui ramener son petit déjeuner dans un panier avec une note de son oncle qui disait qu'il aller venir la chercher l'après-midi. Mathilde profita de la vue depuis le ciel mais elle était contente de pouvoir rentrer chez elle. Elle avait commencé à se sentir seule et malgré que l'aventure était superbe, ce n'était rien comparée à sa maison.

SUMMARY OF THE STORY

Mathilde was trying to sleep after hearing a bedtime story when she saw a cloud through her window and started thinking about sleeping on it. She then started daydreaming and imagined that her uncle took her on a hot air balloon to a big cloud. The little girl loved walking on the smooth silky surface of the cloud and fell asleep on it. When morning came, she woke up to two doves that delivered her breakfast in a basket and a note from her uncle saying that he would come to take her home in the afternoon. Mathilde enjoyed the view from the sky but was glad to be going home, she had started to feel lonely and though the adventure was great, it was nothing like home.

QUESTIONS ABOUT THE STORY

1) **Quel est le nom du personnage principale?**

   A. Mylène

   B. Mathilde

   C. Maëlle

   D. Miranda

2) **Mathy voulait passer une nuit sur...?**

   A. Un nuage

   B. La lune

   C. Une étoile

   D. Une autre planète

3) **Le moyen de transport de Mathy pour aller au nuage était...?**

   A. Un train

   B. Un avion

   C. Une montgolfière

   D. Une fusée

4) **Le panier avait été livré à Mathy par des...?**

   A. Colombes

   B. Canards

   C. Aigles

   D. Corbeaux

5) **Quand est-ce que Mathy allait-elle retourner chez elle?**

   A. La semaine prochaine

   B. Le soir

   C. Le lendemain matin

   D. L'après-midi

QUESTIONS

1) What was the name of the main character?

    A. Mylène
    B. Mathilde
    C. Maëlle
    D. Miranda

2) Did Mathy want to spend a night on ...?

    A. A cloud
    B. The moon
    C. A star
    D. Another planet

3) Mathy's way of getting to the cloud was ...?

    A. A train
    B. A plane
    C. A hot air balloon
    D. A rocket

4) The basket was delivered to Mathy by ...?

    A. Doves
    B. Ducks
    C. Eagles
    D. Ravens

5) When was Mathy going home?

    A. Next week
    B. In the evening
    C. The next morning
    D. In the afternoon

ANSWERS

1) B
2) A
3) C
4) A
5) D

CHAPTER 2. CHIEN GUIDE

Un bon matin frais, Kepler le chien guide s'assied sagement aux pieds de son maître Florent pour que celui-ci **lui enfile son harnais**.

-Très bien, Kepler! Bon chien! Dit le jeune humain **en le caressant derrière les oreilles**.

Kepler lâcha **un aboiement de joie** et **lécha** la main de son maître avec amour. Et ce dernier rigola et le caressa encore un peu avant de se lever.

-Allons-y, mon grand! **À l'ordre de son maître**, le chien guide **le dirigea vers la sortie de la maison** et le guida jusqu'à l'arrêt de bus.

Florent était **un non-voyant** âgé de 25 ans. Il avait perdu la vue à l'age de 19 ans après un accident de voiture. Au début, **il se servait d'une canne blanche pour se déplacer.** Mais, après quelques temps, il décida d'acquérir un chien guide pour obtenir plus d'autonomie et de liberté. Cela faisait maintenant trois ans depuis que Florent abandonna sa canne en faveur de Kepler.

Le chien et son jeune maître **comptaient l'un sur l'autre** pour passer leurs jours. Kepler aidait Florent pour se déplacer et accomplir ses tâches et ce dernier lui donnait à manger, le baignait et jouait avec lui. Les deux s'aimaient énormément et ne pouvaient se passer l'un de l'autre.

Un jour, lorsque Florent emmena Kepler pour sa visite de contrôle chez le vétérinaire, ce dernier devint ami et joua avec un petit **chiot** dans la **salle d'attente** tandis que son maître était assis sur une chaise et discutait avec un autre humain.

-Pourquoi tu portes un harnais en plus de ta **laisse**? Demanda le petit **chiot** en regardant le harnais que Florent tenais. Lorsqu'ils étaient rentrés dans **le cabinet du vétérinaire** et une fois que Florent s'était assis, il avait enlevé le harnais à Kepler pour lui permettre d'être plus confortable.

-C'est parce que le harnais est plus pratique pour mon maître. **Il lui permet de sentir mes mouvements** et de bien me tenir. Et il me permet à moi de le guider proprement.

-Comment es-tu devenu chien guide? Ajouta le jeune ami de Kepler.

-Et bien, j'étais destiné à l'être **depuis ma naissance**. Dans le centre de l'élevage où je suis né, **tous les chiens deviendraient des chiens guides** d'aveugles. À l'age de deux mois, les humains nous donnent aux familles d'accueil qui nous apprennent comment **rester propres et obéissants**. On ne doit pas sauter sur nos maître pour ne pas leur faire du mal et on ne doit pas sauter sur leurs lits et leurs canapés. **On apprend plein d'autres choses** jusqu'à notre premier anniversaire. Le chien guide répondit.

-Et après, qu'est-ce qui ce passe?

-On va à l'école pour apprendre quoi faire pour aider nos futurs maîtres! Dit-Kepler avec fierté. Il pensa à sa formatrice **qui l'encourageait à travers ses leçons** et qui ne l'avait jamais réprimandé lorsqu'il fit des erreurs avec contentement et se dit qu'il avait hâte de la revoir.

-Et qu'est ce qu'ils vous apprennent? Le chiot demanda, réellement intéressé.

-On s'entraîne à **reconnaître les différentes directions** ainsi que les ordres de nos maîtres et à on apprend à **éviter des obstacles**. Les éducateurs nous font parcourir des **trottoirs, des routes et des passages piétons.** On apprend aussi à **ramasser des objets** et à les ramener à nos maîtres sans les endommager.

-Combien de temps ça t'a prit?

-Environs sept mois. Mais c'est différent pour chacun. Certains y passent six mois et d'autres huit. Dit Kepler **en poussant son ami avec la tête.** Le chiot le poussa en retour joyeusement.

-Et puis tu es devenu chien guide immédiatement?

-Non, j'ai passé un examen d'abord.

-C'était difficile? Demanda le nouvel ami de Kepler avec curiosité.

-Pas vraiment. Mais certains n'ont pas réussi à avoir leur examen. Je suppose que c'est aussi différent pour chacun.

À ce moment, Kepler jeta un coup d'œil à Florent qui parlait maintenant avec une humaine et retourna son attention au **chiot**.

-Après, on à commencé à **me présenter aux humains**.

Le chien guide se rappela de ces jours. **Il avait rencontré plusieurs humains** avant de devenir le chien guide de Florent. Mais, il n'était pas compatible avec eux. **Son allure de marche** ne correspondait pas à certains: quelques humains le trouvaient trop **rapide** et d'autres le trouvaient trop **lent**. Certains humains étaient **trop bavards pour lui** et certains **ne parlaient pas assez**. Et donc, **ce n'était que lorsqu'il fit la connaissance de Florent**, qu'il y eut une compatibilité de tempérament. Florent était parfait pour lui! Il était gentil, enthousiaste et **rigolo**. Il était jeune et actif mais pas vraiment un sportif. Et donc, **les deux formèrent une équipe.**

-Florent est venu me voir et on s'est très bien entendu. On a formé une équipe et Florent **venait me voir au centre tous les jours** pendant une semaine pour qu'il apprenne les ordres qu'il pouvait me donner. Ensuite, la deuxième semaine, on est rentrés chez lui et l'éducateur nous avait accompagné. **J'ai rapidement appris** le parcoure de la maison de Florent et j'y vis avec lui depuis trois ans maintenant. Il prends soin de moi, joue à la balle avec moi et me donne plein de croquettes et de **gâteries**.

Le **chiot** le regarda avec de grands yeux. -Et donc, vous allez rester ensemble pour toujours?

-Je ne sais pas si il voudrait me garder **après ma retraite**. Les chiens guides **travaillent avec leurs maîtres pendant dix ans** au maximum. Par la suite, Florent va sûrement avoir un autre chien guide et peut être qu'il voudra me garder comme **animal de compagnie**.

-Je suis sûr qu'il va te garder avec lui. **Il est clair qu'il t'aime beaucoup**. Dit le jeune **chiot**.

-Moi aussi je l'aime. Répondit le chien guide.

-Kepler! Viens ici mon grand. Florent l'appela et Kepler marcha vers son maître. -C'est ton tour. Lui dit Florent en lui remettant son harnais. -**Cherche la porte**!

Les deux entrèrent voir le vétérinaire et **tandis que Florent resta debout près de son chien** en le rassurant avec des caresses et des murmures d'encouragement, celui-ci pensa qu'il aimerait **rester avec le jeune homme pour toujours**. Même après sa retraite.

VOCABULARY

Lui enfile son harnais: *He put his harness on him*

En le caressant derrière les oreilles: *While caressing him behind his ears*

Un aboiement de joie: *A bark of joy*

Lécha: *Liked*

À l'ordre de son maître: *At the order of his master*

Le dirigea vers la sortie de la maison: *Directed him towards the exit of the house*

Un non-voyant: *A visually impaired person*

Il se servait d'une canne blanche pour se déplacer: *He used a white cane to move around*

Comptaient l'un sur l'autre: *Relied on one another*

Chiot: *Puppy*

Salle d'attente: *Waiting room*

Laisse: Leash

Le cabinet du vétérinaire: *The vet's office*

Il lui permet de sentir mes mouvements: *It allows him to feel my movements*

Depuis ma naissance: *Since my birth*

Tous les chiens deviendraient des chiens guides: *All the dogs would become guide dogs*

Rester propres et obéissants: *To stay clean and obedient*

On apprend plein d'autres choses: *We learn many things*

Qui l'encourageait à travers ses leçons: *Who encouraged him through his lessons*

Reconnaître les différentes directions: *To recognize the different directions*

Éviter des obstacles: *To avoid obstacles*

Trottoirs, des routes et des passages piétons: *Sidewalks, passages and pedestrian crossings*

Ramasser des objets: *To fetch objects*

En poussant son ami avec la tête: *While pushing his friend with his head*

Me présenter aux humains: *To introduce me to humans*

Il avait rencontré plusieurs humains: *He had met many humans*

Son allure de marche: *His walking pace*

Rapide: *Fast*

Lent: *Slow*

Trop bavards pour lui: *Too talkative for him*

Ne parlaient pas assez: *Didn't speak enough*

Ce n'était que lorsqu'il fit la connaissance de Florent: *It was only when he made Florent's acquaintance*

Rigolo: *Funny*

Les deux formèrent une équipe: *The two formed a team*

Venait me voir au centre tous les jours: *Came to see me in the center every day*

J'ai rapidement appris: *I quickly learned*

Gâteries: *Treats*

Après ma retraite: *After my retirement*

Travaillent avec leurs maîtres pendant dix ans: *Work with their masters for ten years*

Animal de compagnie: *Pet*

Il est clair qu'il t'aime beaucoup: *It's clear that he loves you a lot*

Cherche la porte: *Look for the door*

Tandis que Florent resta debout près de son chien: *While Florent stayed standing near his dog*

Rester avec le jeune homme pour toujours: *To stay with the young man forever*

Resume de l'histoire

Kepler le chien guide alla avec son maître Florent au vétérinaire et rencontra un chiot avec lequel il devint ami. Le chiot demanda à Kepler comment il était devenu chien guide et il lui expliqua que les chiens guide étaient destinés à guider les non-voyants dès leurs naissance. Il lui dit qu'ils passaient une année avec une famille d'accueil pour apprendre comment se comporter proprement avant de s'entraîner dans une école à répondre aux ordre, guider les gens et même leur ramener des objets. Il lui dit qu'il avait passé un examen et qu'il avait rencontré beaucoup d'humains avant de former une équipe avec Florent. À la fin de la journée, Kepler espéra de toujours rester avec Florent même après sa retraite.

SUMMARY OF THE STORY

Kepler, the guide dog went with his master Florent to the vet's office and met a puppy which he befriended. The puppy asked Kepler about how he became a guide dog and he explained how guide dogs were destined to guide visually impaired people since their birth. He told him how they spend a year in a foster home to learn how to behave properly before being trained in school to answer to orders, guide people around and even fetch things for them. He told him that he had passed an exam and met many humans before he was paired up with Florent. At the end of the day, Kepler hoped to always stay by Florent's side even when he retired from his guide dog duties.

QUESTIONS ABOUT THE STORY

1) Kepler est un...?

    A. Chien guide
    B. Chien de chasse
    C. Chien de garde
    D. Chien policier

2) Depuis combien de temps était-il avec Florent?

    A. Trois ans
    B. Trois jours
    C. Trois mois
    D. Trois semaines

3) Que portait-il en plus de sa laisse?

    A. Un bracelet
    B. Un gilet
    C. Un harnais
    D. Un bonnet

4) Combien de temps les chiens guides passent avec les familles d'accueil?

    A. Une année
    B. Huit ans
    C. Dix ans
    D. Sept ans

5) Quand c'était le tour de Kepler de passer chez le vétérinaire, Florent lui avait demander de...?

    A. Fermer la porte
    B. Tenir la porte
    C. Ouvrir la porte
    D. Chercher la porte

QUESTIONS ABOUT THE STORY

1) **Kepler is a ...?**
   A. Guide dog
   B. Hunting dog
   C. Watchdog
   D. Police dog

2) **How long had he been with Florent?**
   A. Three years
   B. Three days
   C. Three months
   D. Three weeks

3) **What was he wearing in addition to his leash?**
   A. A bracelet
   B. A vest
   C. A harness
   D. A hat

4) **How long do guide dogs spend with host families?**
   A. A year
   B. Eight years
   C. Ten years
   D. Seven years

5) **When it was Kepler's turn to go to the vet, Florent had asked him to ...?**
   A. Close the door
   B. Hold the door
   C. Open the door
   D. Find the door

ANSWERS

1) A
2) A
3) C
4) A
5) D

CHAPTER 3. VACANCES D'HIVER

Sybelle se tortilla un peu dans son lit et tira sur sa couverture pour se couvrir la tête et échapper à la lumière du jour en espérant avoir encore quelques moments de sommeil. Lorsqu'elle n'arriva pas à se rendormir, elle sortit de son lit **avec un soupir paresseux** et descendit à la cuisine pour prendre son petit déjeuner.

Elle trouva **une assiette avec un tas de crêpes chaudes** avec un morceau de beurre et **une bouteille de sirop d'érable** à coté. Elle s'attabla et prit son temps pour savourer son repas du matin. Une fois qu'elle eu fini de manger elle rangea la table, lava son assiette, la posa sur l'**égouttoir** et alla à la recherche de son grand-père.

Chaque période de vacances d'hiver et de printemps, Sybelle alla rejoindre son grand-père qui **vivait seul dans une cabane à la montagne**. Elle l'aimait beaucoup et adorait être avec lui non seulement parce qu'il lui donnait pleins de biscuits de province mais aussi parce qu'il lui apprenait pleins de nouvelles choses comme la préparation du **fromage de chèvre** et les noms de **plantes sauvages**.

Cette fois ci, **il avait neigé plus que d'habitude** et la **neige** couvrait l'endroit où il vivait. Tandis que Grand-père trouvait l'excès de **neige** un peu désagréable et inconvénient, Sybelle en était secrètement ravie. Elle adorait jouer dans la **neige** et elle n'avait jamais l'occasion de le faire chez elle **car il ne neigeait jamais là-bas**.

Avant de quitter la cabane, elle s'assura de porter des vêtements qui la garderaient bien au chaud et **des bottes solides** pour braver la neige.

Lorsqu'elle sortit de **la demeure de son grand-père**, elle fut fouettée par un courant d'air froid. Elle cligna des yeux **qui avaient commencé à larmoyer** et laissa échapper un rire en voyant un petit nuage de vapeur qu'elle avait formé en respirant avant d'ajuster son **écharpe** pour se couvrir le nez. Elle prit un moment pour admirer la splendeur de la montagne **recouverte d'un manteau de neige** et s'estima chasseuse d'y être.

Elle soupira joyeusement et se mit enfin en route. Connaissant son grand-père, il avait déjà commencé son travail et donc **elle alla d'abord dans l'écurie**. Elle vit que les chèvres étaient toutes propres et avaient du **foin frais** pour manger. L'endroit était propre et organisé, ce qui indiquait que son grand-père y était ce matin et y avait travaillé. Mais, il était claire qu'il n'y était plus. Elle joua un peu avec les animaux puis se dirigea vers la sortie **pour le chercher autre-part**.

En sortant, le **Berger Allemand** de son grand-père, Ralph, lui sauta dessus et **commença à lui lécher le visage**. Elle éclata en rire et le chatouilla en retour. Les deux jouèrent dans la **neige** un peu puis, elle le recruta et il la rejoignit avec joie à la recherche de son propriétaire.

Les deux suivirent la piste que les pas du grand-père avaient laissés sur la **neige**. Sybelle en fit même un jeu. -Fais attention Ralph, tu dois marcher sur les pas de Grand-père, sinon tu vas te faire repérer par les loups! lui dit-elle en sautant de l'un des grands cratères **formés par les bottes du vieil homme** à l'autre. Le chien, quant à lui, ne s'en souci guère et trotta autour de la petite fille joyeusement. Son indifférence à son jeu la fit rire et elle lui caressa les oreilles d'un temps à l'autre **lorsqu'il était assez proche d'elle**.

Les traces de pas les menèrent jusqu'à l'étable **qui hébergeait les chevaux** et ils y entrèrent doucement **pour ne pas déranger les animaux majestueux**. Ralph s'allongea sur un tas de foin près de l'entrée **et ferma les yeux pour faire une petite sieste**. Sybelle, par contre, caressa les grandes bêtes et **fit son chemin à travers les stalles**.

En entendant les chevaux hennir, Grand-père se rendit compte qu'elle l'avait rejoint.

-Je suis là, ma chérie. Annonça-t-il, **la guidant vers lui**.

Il était assis sur ses genoux à coté d'**une jument qui était allongée**. L'animal respirait rapidement et souffla de temps en temps.

-**Elle a mal**? Demanda Sybelle à voix basse pour ne pas déranger la jument.

-Un peu, oui. **Elle va accoucher dans quelques moments**. Il va y avoir un petit **poulain** dans l'étable dans peu de temps. L'informa-t-il avec un tendre sourire.

-Est-ce que je peux rester? Sybelle voulait vraiment rester avec lui pour caresser la jument et la réconforter en ce moment. L'animal lui fit beaucoup de peine.

-Non, ma chérie. Je veux que tu t'occupes des poules pour moi, **je ne leur ai pas encore donné a manger**. Est ce que tu peux le faire à ma place? Demanda Grand-père **en caressant la crinière de la jument.**

-Bien sûr. Dit Sybelle, **un peu déçue.** Mais elle savait qu'il ne voulait pas qu'elle soit présente **pour voir la souffrance de la jument** et compris son raisonnement.

-Merci, mon cœur. **Je viendrais te chercher** lorsque le petit sera né. Il lui dit en l'embrassant sur la joue. **Cela remonta le moral à la petite fille** et elle courra hors de l'étable faire **ce que lui avait été demandé.** Elle voulait aider son grand-père après tout, **peut importe la manière.**

Sybelle alla chercher **le seau de graines** et se dirigea vers le **poulailler.** Elle versa une poignée de nourriture devant chaque poule et prit même le soin de **récupérer les œufs qu'elles avaient pondu.** Elle les prit à l'intérieur en faisant très attention **pour ne pas les casser** et les mit dans le frigo avant d'aller chercher Ralph **pour lui tenir compagnie.**

Quand Grand-père vint enfin la chercher, elle mit son manteau et courra voir le nouveau **poulain.** Il était tellement petit et **paraissait tellement faible** comparé aux autres chevaux. Mais elle le trouva magnifique et l'aima instantanément.

-**Tu veux lui donner un nom**? Grand-père dit après quelques minutes.

-Vraiment? Demanda-t-elle **avec des yeux pétillants**.

Grand père **hocha la tête** et lui sourit avec tendresse.

-Éclair. Dit-elle sans tarder. Parce qu'il est marron comme un éclair au chocolat.

Son grand-père rigola avec elle et **ils passèrent le reste de la matinée** à admirer le nouveau poulain avec sa maman.

Vocabulary

Sybelle se tortilla un peu dans son lit: *Sybelle squirmed in her bed*

Avec un soupir paresseux: *With a lazy sigh*

Une assiette avec un tas de crêpes chaudes: *A plate with a heap of hot pancakes*

Une bouteille de sirop d'érable: *A bottle of maple syrup*

Égouttoir: *Plate rack*

Vivait seul dans une cabane à la montagne: *Lived alone in a cabin in the mountain*

Fromage de chèvre: *Goat cheese*

Plantes sauvages: *Wild plants*

Il avait neigé plus que d'habitude: *It had snowed more than usual*

Neige: *Snow*

Car il ne neigeait jamais là-bas: *Because it never snowed there*

Des bottes solides: *Sturdy boots*

La demeure de son grand-père: *Her grandfather's house*

Qui avaient commencé à larmoyer: *That had started to tear up*

Écharpe: *Scarf*

Recouverte d'un manteau de neige: *Covered with a coat of snow*

Elle alla d'abord dans l'écurie: *She first went to the barn*

Foin frais: *Fresh hay*

Pour le chercher autre-part: *To look for him elsewhere*

Berger Allemand: *German Shepherd*

Commença à lui lécher le visage: *Started to lick her face*

Formés par les bottes du vieil homme: *Formed by the boots of the old man*

Lorsqu'il était assez proche d'elle: *When he was close enough to her*

Les traces de pas les menèrent: *The footsteps lead them*

Qui hébergeait les chevaux: *That hosted the horses*

Pour ne pas déranger les animaux majestueux: *So as not to disturb the majestic animals*

Et ferma les yeux pour faire une petite sieste: *And close his eyes to take a little nap*

Fit son chemin à travers les stalles: *Made her way through the stalls*

En entendant les chevaux hennir: *When he heard the horses neighing*

La guidant vers lui: *Guiding her towards him*

Une jument qui était allongée: *A mare was laying down*

Elle a mal: *She is hurting*

Elle va accoucher dans quelques moments: *She will give birth in a few moments*

Poulain: *Colt*

Je ne leur ai pas encore donné a manger: *I haven't fed them yet*

En caressant la crinière de la jument: *As he caressed the mare's mane*

Un peu déçue: *A bit disappointed*

Pour voir la souffrance de la jument: *To see the suffering of the mare*

Je viendrais te chercher: *I will come get you*

Cela remonta le moral à la petite fille: *This cheered up the little girl*

Ce que lui avait été demandé: *What was asked of her*

Peut importe la manière: *Regardless of the manner*

Le seau de graines: *The bucket of grains*

Poulailler: *Chicken coop*

Récupérer les œufs qu'elles avaient pondu: *To get the eggs that had been laid*

Pour ne pas les casser: *So as not to break them*

Pour lui tenir compagnie: *To keep her company*

Paraissait tellement faible: *Looked so weak*

Tu veux lui donner un nom: *You want to name him*

Avec des yeux pétillants: *With twinkling eyes*

Hocha la tête: *Nodded her head*

Ils passèrent le reste de la matinée: *They spent the rest of the morning*

RÉSUMÉ DE L'HISTOIRE

Sybelle passa chaque période de vacances d'hiver et de printemps dans la maison de son grand-père à la montagne. Un matin, elle se réveilla et ne le trouva pas dans la maison. Elle mangea son petit déjeuner, rangea la cuisine et partit à sa recherche. La neige couverait l'endroit et Sybelle en était ravie, elle alla aux écuries et vit qu'elles avaient été organisées et que les chèvres étaient propres et avaient assez de nourriture pour la journée. Puis, quand elle alla chercher autre-part, elle trouva Ralph, le berger allemand de son grand père et les deux suivirent la piste que les traces de pas du vieil homme avaient laissé dans la neige et le trouvèrent enfin dans l'étable avec une jument qui était sur le point d'accoucher. Grand-père demanda à Sybelle de prendre soin des poules pour lui et quand le nouveau poulain était né, il la chercha pour le voir et lui demanda même de le nommer.

SUMMARY OF THE STORY

Sybelle spends every winter and spring break at her grandfather's house in the mountain. One morning, she woke up and didn't find him in the house. She ate her breakfast, cleaned up after herself then went out looking for him. The snow covered the place and Sybelle was very pleased by it, she went to the barn and saw that it had been organized and that the goats were clean and had enough food for the day. Then, when she went to look elsewhere, she found Ralph, her grandfather's German Shepherd and the two tracked the old man's footprints in the snow to finally find him in the stables with a mare that had been about to give birth. Grandfather asked Sybelle to take care of the chickens for him and when the new colt was born, he took her to see it and even asked her to name it.

QUESTIONS ABOUT THE STORY

1) **Quel est la saison durant laquelle se passe l'histoire?**

   A. L'été
   B. L'automne
   C. L'hiver
   D. Le printemps

2) **Qu'avait mangé Sybelle au petit déjeuner?**

   A. Des crêpes
   B. Des gaufres
   C. Des brioches
   D. Des tartines

3) **Quels animaux étaient dans l'écurie?**

   A. Des moutons
   B. Des vaches
   C. Des chèvres
   D. Des bisons

4) **Comment s'appelait le chien de Grand-père?**

   A. Ralph
   B. Rex
   C. René
   D. Robert

5) **Où est-ce qu'était Grand-père?**

   A. Dans la basse-cour
   B. Dans l'écurie
   C. Dans le poulailler
   D. Dans l'étable

Questions About the Story

1) **The story takes place in what season?**

    A. Summer
    B. Fall
    C. Winter
    D. The spring

2) **What did Sybelle eat for breakfast?**

    A. Pancakes
    B. Waffles
    C. Buns
    D. Toast

3) **What animals were in the stable?**

    A. Sheep
    B. Cows
    C. Goats
    D. Bison

4) **What was the name of the grandfather's dog?**

    A. Ralph
    B. Rex
    C. René
    D. Robert

5) **Where was the grandfather?**

    A. In the barnyard
    B. In the stable
    C. In the henhouse
    D. In the barn

ANSWERS

1) C
2) A
3) C
4) A
5) D

Chapter 4. Que ton vœux soit exhaussé!

Zano s'étira sur sa banquette orientale et étendit la main pour prendre une grappe de raisin **du plateau posé sur sa table basse**. Il mangea les fruits avec paresse et se laissa perdre dans ses pensées.

-Cela fait bien longtemps **depuis que j'ai savouré une bonne assiette de Baklava**... Se dit-il. -Avec du thé à la menthe. **Quel délice**!

Après quelques instants, Il sentit la chaleur augmenter dans la pièce ovale où il résidait et décida de se lever **pour chercher son éventail**. Cependant, il avait à peine mit un pied hors de la banquette avant qu'un tremblement de terre le secoua. **Zano ne paraissait ni surpris ni inquiet** et passa une main sur son visage en murmurant. -**Pitié, pas encore**... Même pas deux secondes plus tard, il fut aspiré hors de sa maison.

-Salut à toi, humain. **Je vois que tu as trouvé ma lampe**! Dit Zano en croisant les bras. -Je suis Zano l'extravagant, tu es bien audacieux de me réveiller de mon sommeil éternel!

Un petit garçon le regarda curieusement et **pencha la tête sur le coté**. -Alors la lampe est réellement magique... murmura-t-il.

-Évidement. dit Zano. n'en suis-je pas la preuve?!

le garçon hocha la tête en accord. -Moi, c'est Alain. Il se présenta. -**Est ce que j'ai droit à trois souhaits**, alors?

-Malheureusement pour moi, oui. Que veux-tu avoir?

les yeux du petit garçon s'élargirent et il passa quelques moments à contempler la question du génie.

-**Je peux demander n'importe quoi**? Demanda le garçon avec hésitation.

-Pas exactement. **Je ne peux pas tuer les vivants ni ressusciter les morts** et je ne peux pas changer les émotions des autres. Telles sont les règles.

-Oh, non je ne veux rien de semblable. Pour commencer, **je veux un sac plein de bonbons**, s'il te plaît. Demanda-Alain.

Zano pensa **que ce n'était pas très ambitieux de la part du garçon**. Cependant, l'ordre n'était pas trop difficile et il en était reconnaissant. Il se transforma en humain et alla chercher du travail pour gagner de l'agent et acheter un sac de bonbons pour le jeune garçon. Et oui, il ne pouvait pas faire les choses **avec un claquement de doigts**! Zano devait travailler personnellement pour exhausser les vœux de ceux qui l'invoquaient. **C'était sa malédiction**. Par contre, **il garda son pouvoir de métamorphose** pour s'introduire parmi les humains et les animaux.

Zano trouva du travail autant que garde-chat pour la demi-journée. Il passa son temps à prendre soin de l'animal et à **essayer de retenir ses éternuements**.

-Aaaatchou! **Il se moucha le nez** et continua à brosser les poils du chat. -Tout ce que je voulais était une assiette de Baklava... se plaignit-t-il. -Stupide lampe posée à la portée de stupides enfants! Stupide malédiction de génie!

Il parvint à faire son travail et **reçu son paiement**. Il courut vite acheter des bonbons pour Alain et retourna les lui ramener.

-Voilà ton premier souhait accordé. Dit-il avec dignité. -Tu as réfléchi à ce que tu veux pour ton deuxième?

Alain secoua la tête et dit non. -**Tu peux en prendre, si tu veux**. Dit-il en poussant le sac de bonbons vers le génie.

Zano fit la grimace et refusa. -Non, merci. **Je ne mange que les pâtisseries orientales et les fruits**.

Alain haussa les épaules et prit son temps pour savourer ses bonbons. Il en mangea un grand nombre. Mais, Il en garda quelques uns pour sa petite sœur et ses amis.

En rentrant à la maison, Alain frotta encore une fois la lampe et invoqua Zano.

-Alors, on s'est décidé? Demanda le génie.

-Oui. Je veux une **robe** pour Maman, s'il te plaît. **Son anniversaire est dans trois jours**.

Zano soupira et sortit le reste de l'argent qu'il avait gagné auparavant. Il acheta du **tissue** avec ainsi que du **ruban**, du **fil** et une **aiguille**.

Il s'assied sur le bord du trottoir et **commença à coudre la robe lui même**. Il la décora avec les rubans et l'emballa dans du papier décoratif.

-Voilà ta **robe**. Dit-il en passant le paquet à Alain.

-Ce n'est pas ma **robe**. C'est celle de Maman! S'écria le jeune garçon.

-Oui, oui peu importe... Zano roula les yeux au ciel et retourna dans sa lampe.

Alain ne l'invoqua pas pendant les deux jours qui suivirent et il passa son temps à flâner dans sa demeure. Au troisième jour, **il commença à s'ennuyer** et se demanda quand est-ce que le jeune humain comptait l'appeler **pour faire son dernier souhait**. Cela ne tarda pas beaucoup à se passer et au bout de deux heures, **Alain frotta la lampe.**

-Et bien, ce n'est pas trop tôt! Dit Zano, un peu contrarié d'être délaissé.

-Je suis désolé. **Je suis prêt** pour mon dernier souhait. Déclara Alain avec un sourire penaud.

-Et? Que veux-tu?

-Je veux un plateau de pâtisseries orientales. Dit-il en se dirigeant vers la cuisine. -Tu n'as même pas à acheter ce qu'il faut toi même, **j'ai tout ce dont tu auras besoin.**

Alain **pointa du doigt la table de la cuisine** sur laquelle il y avait de la **farine**, du **beurre**, des **noix** et plein d'autres ingrédients.

-Pas mal. Dit le génie avant de se mettre au travail.

Quelques heures après, il sortit du four un plateau de Baklava aux pistaches et **l'arrosa de miel**. **La pâtisserie sentait délicieusement bon** et Alain applaudit le génie pour son travail.

-Et voilà le travail! La meilleure Baklava au monde, j'ose dire!

-Merci beaucoup! **Alain mit quatre morceaux dans une assiette** et poussa le reste du plateau vers Zano. -**C'est pour toi**. Lui dit-il. -En guise de remerciement pour les bonbons et la **robe! Régale-toi**!

Le génie regarda le garçon avec surprise et émotion. **Il arrêta Alain qui s'apprêtait à manger son morceau**. -Attends. **C'est encore mieux avec du thé à la menthe**.

Bien que les trois vœux du garçon furent réalisés, Zano resta avec Alain qui garda la lampe et **les deux devinrent amis**. Le génie ne réalisa pas **davantage de souhaits** pour son jeune ami et ce dernier n'avait jamais vraiment besoin de quoi que ce soit. **Tout ce qu'il voulait était un ami** et Zano découvrit que c'était aussi **quelque chose qu'il désirait**.

VOCABULARY

Du plateau posé sur sa table basse: *From the platter on the low table*

Depuis que j'ai savouré une bonne assiette de Baklava: *Since I last enjoyed a good plate of Baklava*

Quel délice: *What a delight*

Pour chercher son éventail: *To look for his fan*

Zano ne paraissait ni surpris ni inquiet: *Zano seemed neither surprised nor bothered*

Pitié, pas encore: *Mercy, not again*

Je vois que tu as trouvé ma lampe: *I see that you have found my lamp*

Pencha la tête sur le coté: *Leaned his head on the side*

Est ce que j'ai droit à trois souhaits: *Do I have the right to three wishes*

Je peux demander n'importe quoi: *I can ask for anything*

Je ne peux pas tuer les vivants ni ressusciter les morts: *I cannot kill the living nor resurrect the dead*

Je veux un sac plein de bonbons: *I want a bag full of candy*

Que ce n'était pas très ambitieux de la part du garçon: *That it wasn't very ambitious of the boy*

Avec un claquement de doigts: *At the snap of a finger*

C'était sa malédiction: *It was his curse*

Il garda son pouvoir de métamorphose: *He kept his shape shifting powers*

Essayer de retenir ses éternuements: *To try to hold back his sneezes*

Il se moucha le nez: *He wiped his nose*

Reçu son paiement: *Received his payment*

Tu peux en prendre, si tu veux: *You can have some, if you want*

Je ne mange que les pâtisseries orientales et les fruits: *I only eat oriental pastries*

Robe: *Dress*

Son anniversaire est dans trois jours: *Her birthday is in three days*

Tissue: *Fabric*

Ruban: *Ribbons*

Fil: *Thread*

Aiguille: *Needle*

Commença à coudre la robe lui même: *Started sewing the dress himself*

Il commença à s'ennuyer: *He started to get bored*

Pour faire son dernier souhait: *To make his last wish*

Alain frotta la lampe: *Alain rubbed the lamp*

Je suis prêt: *I'm ready*

J'ai tout ce dont tu auras besoin: *I have all that you'll need*

Pointa du doigt la table de la cuisine: *Pointed his finger at the kitchen table*

Farine: *Flour*

Beurre: *Butter*

Noix: *Nuts*

Quelques heures après: *A few hours later*

L'arrosa de miel: *Poured honey on it*

La pâtisserie sentait délicieusement bon: *The pastry smelled deliciously well*

Alain mit quatre morceaux dans une assiette: *Alain put four pieces in a plate*

C'est pour toi: *This is for you*

Régale-toi: *Enjoy*

Il arrêta Alain qui s'apprêtait à manger son morceau: *He stopped Alain when he was about to eat his piece*

C'est encore mieux avec du thé à la menthe: *It's even better with mint tea*

Les deux devinrent amis: *The two became friends*

Davantage de souhaits: *More wishes*

Tout ce qu'il voulait était un ami: *All he had wanted was a friend*

Quelque chose qu'il désirait: *Something that he had wanted*

Resume de l'histoire

Zano était un génie qui était entrain de se reposer dans sa lampe lorsqu'un garçon l'invoqua. Alain, le garçon, lui demanda si il pouvait faire trois vœux et Zano lui dit qu'il le pouvait mais expliqua qu'il ne pouvait ni tuer un être vivant ni ressuscité un mort. Zano était damné et malgré qu'il avait toujours ses pouvoirs de métamorphose, il ne pouvait pas réaliser les vœux avec un claquement de doigts et donc, quand Alain demanda un sac remplie de bonbons, Zano dut travailler lui même pour obtenir de quoi lui en acheter. Le deuxième vœux d'Alain était pour Zano de lui faire une robe pour l'anniversaire de sa mère. Le génie cousu la robe lui même. Quand il était temps pour Alain de faire son dernier souhait, il demanda à Zano de lui préparer de la Baklava et il ne garda que quatre morceaux pour lui et donna le reste au génie. Zano était ému par l'attention d'Alain et malgré que tout les vœux avaient été réalisés, les deux devinrent amis.

SUMMARY OF THE STORY

Zano was a genie who had been resting in his lamp when a boy summoned him. Alain, the boy, asked him if he could make three wishes and Zano told him that he could but explained that he could neither kill a living person nor bring a dead one to life. Zano had been cursed and though he retained his shape shifting powers, he couldn't make wishes come true at the snap of a finger and thus, when Alain asked for a bag full of candy, Zano had to work himself to earn the money and buy it for him. Alain's second wish was for Zano to make a dress for his mother's birthday. The genie sewed the dress himself. When it was time for Alain's last wish, he asked for Zano to make him Baklava and only took four pieces for himself and gave the rest to the genie. Zano was moved by Alain's thoughtfulness and though all the wishes had been granted, the two became friends.

QUESTIONS ABOUT THE STORY

1) **Qui est Zano?**

   A. Un gobelin
   B. Un vampire
   C. Un loup-garou
   D. Un génie

2) **Où est-ce qu'était-il avant d'être invoqué?**

   A. Dans son palais
   B. Dans sa lampe
   C. Dans son appartement
   D. Dans sa villa

3) **Comment s'appelle le garçon qui avait frotté la lampe de Zano?**

   A. Alain
   B. Albert
   C. Arthur
   D. Alexandre

4) **Quel était la première chose qu'il avait demandé?**

   A. Des bonbons
   B. Des jouets
   C. Des vêtements
   D. Des gâteaux

5) **D'après Zano, la Baklava est encore meilleure avec ...?**

   A. Du soda
   B. Du jus de pommes
   C. Du thé à la menthe
   D. De l'eau de source

QUESTIONS

1) Who is Zano?

    A. A goblin
    B. A vampire
    C. A werewolf
    D. A genie

2) Where was he before being summoned?

    A. In his palace
    B. In his lamp
    C. In his apartment
    D. In his villa

3) What is the name of the boy who rubbed Zano's lamp?

    A. Alain
    B. Albert
    C. Arthur
    D. Alexandre

4) What was the first thing he asked for?

    A. Sweets
    B. Toys
    C. Clothes
    D. Cake

5) According to Zano, the Baklava is even better with ...?

    A. Soda
    B. Apple juice
    C. Mint tea
    D. Spring water

Answers

1) D
2) B
3) A
4) A
5) C

Chapter 5. Palette perdue

Leven fronça ses sourcils en fouillant dans son sac. Elle
cherchia **désespérément** sa palette de couleurs sous la faible
lumière de la lune. Elle jeta un regard à sa montre et devint de
plus en plus inquiète, l'aube se rapprochait et elle ne la trouvait
pas. Lorsqu'elle versa le contenu de son sac par terre et ne la
trouva toujours pas, **elle perdit espoir** et commença à pleurer.
Qu'allait-elle faire, maintenant? **Sa partie de la forêt devait
être peinte avant le lever du soleil!** Les autres **fées** allaient
être si déçues!

En effet, chaque nuit, juste avant que les premiers rayons de
soleil ne touchaient la terre, les fées des couleurs devaient
repeindre le monde qui abandonnait ses pigments au
crépuscule. Si jamais l'une des fées ne réalisait pas sa tâche,
la partie du monde qui lui était assignée resterait grise et
les créatures qui y vivaient sombreraient dans la mélancolie. Les
couleurs étaient bien plus que des aspects **embellissants** dans
le monde. C'étaient des mécanismes de défense pour certaines
créatures, leur permettant de **se camoufler** afin de ne pas **se
faire repérer** par leurs ennemis ou même d'**intimider leurs
prédateurs.** Pour d'autres, **elles les aidaient à se nourrir,**
comme les plantes par exemple ou les animaux qui devaient
guetter leurs proies avant de les chasser. L'impact des couleurs

était donc immense sur toutes les créatures du monde et leur perte serait tragique.

Leven qui en était très consciente, pleurait en hoquetant à l'idée d'être responsable d'une telle tragédie. **Accroupie** parmi ses affaires, elle ne remarqua pas qu'**une autre fée s'était posée à coté d'elle** jusqu'à ce que celle-ci l'ait prit dans ses bras.

-Qu'est ce qui t'arrive? Pourquoi pleures-tu? La fée lui demanda sur un ton inquiet.

Leven essaya de se calmer puis, quand elle y était parvenue, elle expliqua la situation à son amie.

-Qu'est ce que je vais faire, Ève? **Les animaux et les plantes ont besoin de leur teintes pour survivre**! Dit-elle, en essayant de ne pas succomber à une autre crise de panique.

-Tu as raison... Dit Ève, **en regardant la forêt autour d'elle**. -Tu sais quoi? **Je suis sensée colorer la cabane** des humains qui vivent près d'ici. Ils ne dépendent pas de leur couleurs **autant que les autres créatures**. Je vais colorer ta partie de la forêt en attendant que tu réussisse à trouver ta palette! Aller, court vite à sa recherche!

Leven, maintenant rassurée que la forêt ne va pas sombrer dans le noir, ou plutôt dans le gris, s'envola en quête de ses pigments perdus.

Elle passa deux jours à **fouiller les buissons**, les **cavités** des arbres et même les **nids** des oiseaux, mais elle ne trouva pas sa palette.

Quand elle décida de rentrer chez elle en fin de journée, **elle entendit les rires des enfants** qui vivaient dans **la cabane dont Ève lui avait parlé**. Elle se rapprocha d'eux et fut surprise de voir que certaines parties de la cabane étaient colorées alors que d'autres étaient grises. Elle survola les enfants qui portaient des vêtements peints de manière bâclée qui montrait l'inexpérience du peintre et failli crier de joie lorsqu'elle vit sa palette de couleurs dans la main de l'un des enfants. Il courrait après les autres et les touchait avec la palette de telle sorte que la partie touchée prit une couleur au hasard. Leven secoua la tête et se demanda comment il avait pu mettre la main sur son **outil de travail**. Elle décida d'**attendre jusqu'au couché du soleil** avant d'essayer de récupérer sa palette.

Une fois la nuit tombée, **elle se faufila par la fenêtre** et suivit les enfants à l'intérieur. Faisant attention à ne pas se faire repérer, elle espionna le garçon pour voir où il allait cacher la palette. Malheureusement pour elle, **il mit l'outil dans sa poche** et alla se coucher.

Elle alla dans la chambre de l'enfant et attendit jusqu'à ce que celui-ci s'était endormi avant de **fouiller** dans la **poche** de son pantalon **qu'il avait mit sur une chaise**. Cependant, la **poche** était **vide**, ainsi que toutes les autres **poche**s de l'habit. Elle survola la chambre pour voir si elle pouvait repérer sa palette et son **œil** fut attiré par une petite **tache colorée** éclairée par la lune. Elle s'en rapprocha et se réjouit de voir que c'était sa palette. **Le garçon l'avait mit sous son coussin.**

Elle la tira doucement et **fit de son mieux** pour ne pas réveiller le petit garçon. Mais, malheureusement, celui-ci sursauta et l'attrapa **avant qu'elle ne put s'envoler**.

-Une **fée**! S'écria-t-il avec surprise. -Tu es une **fée**! Mais, que fais-tu ici?

Leven avait du mal à respirer avec la main du garçon qui la serrait et elle se tortilla un peu pour se dégager d'elle.

-Oh, je suis désolé. **Je ne voulais pas te faire mal**. Dit-il en relaxant sa main un peu. -Je vais te lâcher mais seulement si tu promet de ne pas t'enfouir.

Leven hocha la tête en accord et **le garçon la libéra**. Elle reprit son souffle puis lui dit qu'elle était dans sa chambre pour récupérer ce qui lui appartenait. Mais, le garçon ne la compris pas.

-Je crois que nous ne parlons pas la même langue. Dit-il.

Elle le regarda puis leva sa palette en l'air pour la lui monter. Ensuite, **elle pointa son pouce vers elle même**.

-C'est à toi? C'est ce que tu veux dire?

Leven hocha la tête en affirmatif. Ensuite, elle commença à parler rapidement pour lui expliquer qu'**elle en avait absolument besoin**.

Le garçon ne la comprit toujours pas et leva la main pour la faire taire.

-Tu n'as pas besoin de m'expliquer, je te crois. **Je suis désolé de l'avoir pris**. Je l'ai trouvé au bord de la rivière et j'avais cru que ce n'était qu'une **jolie pierre**. Ce n'était que plus tard que j'avais réalisé que c'était un objet magique.

Leven se rappela que la dernière fois où elle avait vu sa palette était lorsqu'elle l'avait posé sur l**a berge de la rivière** avant de prendre son **bain** et secoua la tête. Quelle négligence!

Le garçon continua à parler et la fit sortir de **ses pensées**.

-Tu peux reprendre ton truc. **Et je te prie de retourner** pour colorier notre cabane, je n'y suis pas arrivé tout seul.

Leven sourit au garçon et **hocha la tête**. Une fois qu'elle retournerait à la forêt, Ève reviendrai ici pour faire son travail normalement. Elle dit au revoir au garçon en secouant la main et s'envola. **Son aventure était enfin terminée**.

VOCABULARY

Leven fronça ses sourcils en fouillant dans son sac: *Leven frowned as she rummaged through her bag*

Désespérément: *Desperately*

Lumière de la lune: *Moonlight*

Elle perdit espoir: *She lost hope*

Sa partie de la forêt devait être peinte avant le lever du soleil: *Her side of the forest had to be painted before sunrise*

Fées: *Fairies*

Crépuscule: *Twilight*

La partie du monde qui lui était assignée resterait grise: *The part of the world that was assigned to her would stay gray*

Embellissants: *Embellishing*

Se camoufler: *To disguise themselves*

Se faire repérer: *To get caught*

Intimider leurs prédateurs: *To intimidate their predators*

Elles les aident à se nourrir: *They helped them feed themselves*

Accroupie: *Crouched down*

Une autre fée s'était posée à coté d'elle: *Another fairy had landed next to her*

Les animaux et les plantes ont besoin de leur teintes pour survivre: *The animals and the plants need their colors to survive*

En regardant la forêt autour d'elle: *As she looked at the forest around her*

Je suis sensée colorer la cabane: *I'm supposed to color the cabin*

Autant que les autres créatures: *As much as the other creatures*

Fouiller les buissons: *To search the bushes*

Cavités: *Hollows*

Nids: *Nests*

Elle entendit les rires des enfants: *She heard the laughter of children*

La cabane dont Ève lui avait parlé: *The cabin of which Eve had told her about*

Outil de travail: *Work tool*

Attendre jusqu'au couché du soleil: *To wait until sunset*

Elle se faufila par la fenêtre: *She snuck in through the window*

Il mit l'outil dans sa poche: *He put the tool in his pocket*

Fouiller: *To search*

Poche: *Pocket*

Qu'il avait mit sur une chaise: *That he had put on a chair*

Vide: *Empty*

Œil: *Eye*

Tache colorée: *Colored stain*

Le garçon l'avait mit sous son coussin: *The boy had put it under his pillow*

Fit de son mieux: *Did her best*

Avant qu'elle ne put s'envoler: *Before she could take flight*

Leven avait du mal à respirer: *Leven had difficulty breathing*

Je ne voulais pas te faire mal: *I didn't want to hurt you*

Le garçon la libéra: *The boy freed her*

Elle pointa son pouce vers elle même: *She pointed her thumb at herself*

Elle en avait absolument besoin: *She absolutely needed it*

Je suis désolé de l'avoir pris: *I am sorry for having taken it*

Jolie pierre: *Pretty stone*

La berge de la rivière: *The riverbank*

Bain: *Bath*

Ses pensées: *Her thoughts*

Et je te prie de retourner: *I pray you to come back*

Hocha la tête: *Nodded her head*

Son aventure était enfin terminée: *Her adventure was over*

RESUME DE L'HISTOIRE

Leven était une fée des couleurs qui avait perdu sa palette de couleurs. Elle la chercha partout mais n'arriva pas à la trouver. Désespérée, elle pensa à la déception des autres fées quand elles verront que sa partie de la forêt était encore grise au lever du soleil. Son amie, Ève lui dit qu'elle allait peindre sa partie de la forêt pendant qu'elle chercherait sa palette. Leven passa deux jours à chercher partout dans la forêt mais la trouva finalement dans la cabane où les humaines vivaient dans la forêt. L'enfant qui avait sa palette la prit partout avec lui et quand elle essaya de la récupérer, il l'attrapa. Elle lui expliqua que la palette lui appartenait et le petit garçon la lui rendit et demanda des excuses pour l'avoir prit. Leven lui dit au revoir et retourna à la forêt pour faire son devoir de coloriage.

SUMMARY OF THE STORY

Leven was a color fairy who had lost her color palette. She looked for it everywhere but couldn't find it. Desperate, she thought of the disappointment of the other fairies in her when they would see that her part of the forest was still gray by sunrise. Her friend Éve offered to paint her part of the forest while Leven looks for her palette. Leven spent two days looking everywhere in the forest but eventually found it in the cabin where humans lived in the forest. The child who had her palette took it everywhere with him and when she tried to get it back, he caught her. She explained that the palette was hers and the little boy gave it back to her and apologized for taking it. Leven said good bye and went back to her forest-coloring duties.

QUESTIONS ABOUT THE STORY

1) Comment s'appelle le personnage principal?

    A. Ella
    B. Lily
    C. Éve
    D. Leven

2) Qu'avait-elle perdu?

    A. Ses ailes
    B. Son sac de poussière de fées
    C. Sa palette de couleur
    D. Sa baguette magique

3) Quelle partie du monde Ève était sensée colorier ?

    A. La cabane des humains
    B. La forêt
    C. Le parc
    D. La rivière

4) Quand est-ce que le monde perd ses pigments?

    A. À l'aube
    B. À midi
    C. Au crépuscule
    D. Au matin

5) Qui est-ce qui avait l'outil de Leven?

    A. Un garçon
    B. Un ours
    C. Un écureuil
    D. Un chat

QUESTIONS

1) What is the name of the main character?

    A. Ella
    B. Lily
    C. Éve
    D. Leven

2) What did she lose?

    A. Her wings
    B. Her bag of fairy dust
    C. Her color palette
    D. Her magic wand

3) What part of the world was Eve supposed to color?

    A. The human huts
    B. The forest
    C. The park
    D. The river

4) When does the world lose its color?

    A. At dawn
    B. At noon
    C. At dusk
    D. In the morning

5) Who had Leven's tool?

    A. A boy
    B. A bear
    C. A squirrel
    D. A cat

ANSWERS

1) D
2) C
3) A
4) C
5) A

Chapter 6. Tendances artistiques

Patrice noua ses lacets et sauta en place pour quelques instants en préparation avant de se lancer en courant vers le mur. Non, **il ne comptait pas rentrer dans le mur**, ni le franchir mais plutôt entrer dans l'une des grandes peintures murales **du musé où il se trouvait**.

Avant quelques mois, Patrice découvrit accidentellement qu'**il avait le pouvoir de franchir les œuvres de peinture**. Il était à l'école et il était entrain de **descendre l'escalier pour aller à la cour** lors de la récréation quand soudain, **l'un de ses camarades** qui descendait en courant le bascula. Patrice avait fermé les yeux mais **il ne sentit pas l'impact** qui aurait été le résultat de sa collision avec le mur. Lorsqu'il ouvrit les yeux, il se trouva dans un grand jardin avec plein d'**enfants qui portaient des vêtements d'une autre époque**. Cet endroit lui rappela l'œuvre qui était peinte sur **le mur contre lequel il allait se cogner** et il en déduit qu'il était rentré dans le mur. Ou plutôt, qu'il l'avait franchit et qu'il se trouvait dans **le monde qui y était peint**. C'était une expérience **hors du commun** pour lui. Mais, curieux comme il l'était, **il commença à explorer le nouvel endroit**. Il essaya aussi de parler aux gens mais découvrit qu'**ils ne le comprenaient pas vraiment**. Ils ne savaient pas ce qu'était une voiture ni un téléphone et en y pensant un peu, il réalisa que **ces choses n'avaient pas encore**

été inventées à l'époque où il était. Les gens utilisaient encore des **calèches** pour se déplacer et communiquaient par **lettres écrites à la main.** Peu après, il retourna dans le champs et **marcha à l'endroit exacte où il avait atterrit au début,** il ferma les yeux et quand il les ouvra de nouveau, il se trouva **de retour dans son monde.**

Depuis ce jours là, il s'amusait à explorer les différentes œuvres de peinture autour de lui. Il s'assurait à chaque fois que **personne ne pouvait le voir** et il sauta dans les différents mondes crées par des **artistes qui n'étaient plus parmi nous.** Cela était bien la condition, pour que Patrice arrivait **à franchir les œuvres d'art,** celles-ci devaient être peintes par des **gens qui n'étaient plus en vie.** Il avait passé de longs moments à essayer de deviner la raison derrière cette condition, mais il n'en sait toujours rien.

Il avait commencé par explorer **les quelques tableaux de sa maison.** Il se levait tôt le matin **lorsque ses parents dormaient profondément,** et embarqua dans une nouvelle aventure chaque jour. Il découvrit que certains tableaux illustraient des terres étrangères. Les gens qui y étaient ne le compris pas mais **pas parce qu'ils n'avaient pas de voitures dans leur époque** mais plutôt parce qu'ils parlaient une langue différente. Il se contenta alors d'errer dans ces mondes et **ne parla à personne.**

Aujourd'hui, **il était en voyage d'études avec sa classe dans un musé.** Pour lui, c'était le paradis. Tout les tableaux qui y étaient avaient été réalisés il y a longtemps et lui étaient donc

76

tous accessibles. Il attendit la période de déjeuner et **lorsque tout le monde avait quitté le musé** pour aller manger au restaurant, il alla explorer les tableaux. **Il explora d'abord les tableaux de nature morte**. Ceux-ci ne contenaient pas de personnes qui seraient surprises par sa soudaine apparition et il en profita pour faire un tour dans chaque endroit où elles étaient. **Pour rendre les choses plus intéressantes**, il ne lu pas la date de réalisation des tableaux. Il examina les objets qui s'y trouvaient et essayait de **deviner l'époque où il se trouvait**. C'était intéressant pour lui car il ne savait pas du tout dans quel pays il se trouverait non plus. En quelques sortes, **il avait déjà voyagé partout dans le monde**. Et ce n'était pas des voyages ordinaires. **C'était des voyages dans le temps également!**

Il décida ensuite d'explorer les autoportraits des artistes. Depuis qu'il avait découvert son pouvoir, il s'intéressa de plus en plus à l'art. Cela le poussa à accorder plus d'importance aux gens **qui avaient mis à sa disposition tout ces mondes** et il les visita quand il pouvait. Cependant, c'était un peu difficile car les gens n'avaient pas tendance à décorer leurs maisons avec des autoportraits. Ceux-ci pouvaient seulement être trouvés dans des musés. **Esprits curieux qu'ils étaient**, il ne réagissaient presque jamais de façon négative à son apparition soudaine. Certains lui demandaient de leur tenir leurs miroirs tandis qu'ils se peignaient et d'autres essayèrent de parler avec lui pour passer le temps. Mais, l'**obstacle de langue était toujours présent**.

Il **sauta dans le tableau d'un artiste français** et celui-ci l'accueilli sans poser de questions.

-Tu viens du futur? Il lui demanda après quelques moments de conversation.

-Oui, mais ne dit rien à personne, s'il te plaît. Patrice l'implora.

-Ne t'inquiète pas, personne ne risquerait de me croire de toutes façons. Répondit le peintre en trempant son **pinceau** dans **un bocal remplit d'eau**. -Que peux-tu me dire sur le futur?

-Et bien... Patrice passa quelques moments à réfléchir puis décida de dire **quelque chose qui allait faire plaisir au peintre**. -Tu vas être quelqu'un de très célèbre! Tes tableaux seront exposés dans des musés et vont coûter une fortune!

L'artiste laissa échapper un rire **cynique** et secoua la tête. -**Ça ne va pas me servir à grand-chose,** par contre. C'est maintenant que j'ai besoin de me faire une fortune. **Dit-il en regardant son atelier modeste**.

Patrice eut de la peine pour tous les artistes qui n'avaient pas pu avoir du succès lorsqu'ils étaient vivants et il pensa que même son **pouvoir** n'accordait de la valeur qu'aux œuvres faites par des gens morts.

-**C'est les artistes vivants qui ont besoin de support et non pas les morts**. Avait dit le peintre.

Ce jour là, Patrice fit des recherches et découvrit que, malheureusement, beaucoup d'artistes qui étaient aujourd'hui

78

glorifiés et vénérés **avaient mené une vie difficile et vivaient dans la pauvreté**.

Il décida donc d'écrire son rapport de visite au musé sur eux pour sensibiliser ses camarades aux obstacles auxquels font face les artistes d'aujourd'hui et auxquels les artistes d'hier avaient fait face.

VOCABULARY

Patrice noua ses lacets: *Patrice knit his shoe laces*

Il ne comptait pas rentrer dans le mur: *He wasn't planning on running into the wall*

Du musé où il se trouvait: *The museum where he was*

Il avait le pouvoir de franchir les œuvres de peinture: *He had the power to cross into works of painted art*

Descendre l'escalier pour aller à la cour: *To get down on the stairs to go to the school yard*

L'un de ses camarades: *One of his classmates*

Il ne sentit pas l'impact: *He didn't feel the impact*

Enfants qui portait des vêtements d'une autre époque: *Children who had been wearing clothes of another era*

Le mur contre lequel il allait se cogner: *The wall with which he had been about to collide*

Le monde qui y était peint: *The world that was painted on it*

Hors du commun: *Out of the common*

Il commença à explorer le nouvel endroit: *He started to explore the new place*

Ils ne le comprenaient pas vraiment: *He didn't really understand*

Ces choses n'avaient pas encore été inventés: *These things hadn't been invented yet*

Calèches: *Carriages*

Lettres écrites à la main: *Hand written letters*

Marcha à l'endroit exacte où il avait atterrit au début: *Walked to the exact place where he had landed at first*

De retour dans son monde: *Back to his world*

Personne ne pouvait le voir: *No one could see him*

Artistes qui n'étaient plus parmi nous: *Artist that were no longer among us*

À franchir les œuvres d'art: *Crossing the works of art*

Gens qui n'était plus en vie: *People who were no longer alive*

Les quelques tableaux de sa maison: *The few paintings in his house*

Lorsque ses parents dormaient profondément: *When his parents had been fast asleep*

Pas parce qu'ils n'avaient pas de voitures dans leur époque: *Because they didn't have cars at the time*

Ne parla à personne: *Didn't speak to anyone*

Il était en voyage d'études avec sa classe dans un musé: *He was in a school trip with his class in a museum*

Lorsque tout le monde avait quitté le musé: *When everyone had left the museum*

Il explora d'abord les tableaux de nature morte: *He first explored the still life paintings*

Pour rendre les choses plus intéressantes: *To make things more interesting*

Deviner l'époque où il se trouvait: *To guess the era where he was*

Il avait déjà voyagé partout dans le monde: *He had already traveled everywhere around the world*

C'était des voyages dans le temps également: *They were also time travels*

Il décida ensuite d'explorer les autoportraits des artistes: *He then decided to explore the artists' self portraits*

Qui avaient mit à sa disposition tout ces mondes: *Who had put all these worlds at his disposition*

Esprits curieux qu'ils étaient: *Curious souls that they were*

Obstacle de langue était toujours présent: *The language barrier was still present*

Il sauta dans le tableau d'un artiste français: *He jumped into the painting of a French artist*

Pinceau: *Brush*

Un bocal remplit d'eau: *Jar full of water*

Quelque chose qui allait faire plaisir au peintre: *Something that would please the artist*

Cynique: *Cynical*

Ça ne va pas me servir à grand-chose: *It won't do me much good*

Dit-il en regardant son atelier modeste: *Said he as he looked at his modest workshop*

Pouvoir: *Power*

C'est les artistes vivants qui ont besoin de support et non pas les morts: *It's the living artists who need support not the dead ones*

Avaient menés une vie difficile et vivaient dans la pauvreté: *Had lead a hard life and lived in poverty*

RESUME DE L'HISTOIRE

Patrice est un garçon qui peut entrer dans les mondes illustrés dans les tableaux! Il découvrit cela quand il fut poussé sur un mur dans son école et lorsqu'il tomba à l'intérieur du tableau au lieux de se cogner contre le mur. Maintenant, il voyage à travers le temps et l'espace en entrant dans divers tableaux et en les explorant. Un jour, il était dans un musé et il attendit que tout le monde soit partit prendre leur déjeuner pour explorer quelques tableaux. Il entra dans quelques œuvres de nature morte avant d'aller dans l'autoportrait d'un artiste français. Il parla avec lui et lui dit qu'il allait devenir très fameux et que ses tableaux allaient devenir très valeureux mais l'artiste lui dit qu'il avait besoin d'être fameux maintenant qu'il était vivant. Patrice, décida par la suite d'écrire son rapport de visite au musé sur les artistes qui n'arrivaient pas à avoir le succès qu'ils méritaient qu'après leurs mort et de sensibiliser les gens sur les défis que chaque artiste doit relever.

SUMMARY OF THE STORY

Patrice is a boy who can enter the worlds illustrated in paintings! He discovered this when he was pushed towards a painted wall in his school and fell inside the painting instead of colliding with the wall. Now, he travels through time and space by entering various paintings and exploring them. One day he was in a museum and waited for everyone to go on their lunch break to explore some of the paintings. He went inside a few still life paintings before going inside the self portrait of a French artist. He spoke with the artist and told him that he was going to become a very famous artist and that his paintings were going to be priceless but the artist told him that he needed the recognition now that he was alive. Patrice then decided to write his report on the visit about artists who don't get the success they deserve until after their death to raise awareness about the challenges every artist faces.

QUESTIONS ABOUT THE STORY

1) **Qui est le personnage principale?**

    A. Une petite fille
    B. Un élève
    C. Un artiste
    D. Une enseignante

2) **Comment s'appelle ce personnage?**

    A. Alain
    B. Patrice
    C. Sybelle
    D. Mademoiselle Dupain

3) **Où avait-il découvert son pouvoir?**

    A. Dans sa maison
    B. Dans la rue
    C. Dans le musé
    D. Dans son école

4) **Quel est son pouvoir?**

    A. Il peut voler
    B. Il peut comprendre n'importe quelle langue
    C. Il peut parler avec les animaux
    D. Il peut franchir les tableaux

5) **Pourquoi ne parlait-il pas avec les gens dans les mondes qu'il franchissait?**

    A. Parce qu'il ne parlait pas leur langue
    B. Parce qu'il était arrogant
    C. Parce qu'il ne savait pas quoi dire
    D. Parce qu'ils avaient peur de lui

QUESTIONS

1) Who is the main character?

    A. A little girl
    B. A student
    C. An artist
    D. A teacher

2) What is the name of this character?

    A. Alain
    B. Patrice
    C. Sybelle
    D. Mademoiselle Dupain

3) Where did he discover his power?

    A. In his house
    B. In the street
    C. In the museum
    D. In his school

4) What is his power?

    A. He can fly
    B. He can understand any language
    C. He can talk to animals
    D. He can step into paintings

5) Why did he not speak to the people in the worlds he entered?

    A. Because he didn't speak their language
    B. Because he was arrogant
    C. Because he did not know what to say
    D. Because they were afraid of him

ANSWERS

1) B
2) B
3) D
4) D
5) A

CHAPTER 7. AU DELÀ DU MIROIR

Après **une merveilleuse journée passée au parc d'attraction**, Vanessa quitta l'endroit avec son père. Elle se retourna pour jeter un dernier regard **par dessus son épaule** au **palais des glaces** et fit une grimace lorsqu'elle se rappela du moment où s'était cogné contre l'une des glaces du labyrinthe.

-**C'était très amusant**, n'est-ce pas? Demanda son père avec joie.

-Oui, j'ai passé de très bons moments! Répondit-elle. -On y retournera bientôt, n'est-ce pas?

-Oui, oui! Bien sûr! **La prochaine fois**, on viendra avec Maman.

-**C'est dommage** qu'elle n'ait pas pu venir aujourd'hui à cause de son travail. Vanessa commenta.

Main dans la main avec son père, la petite fille laissa errer ses pensées. Elle avait été fascinée par **les miroirs qui avaient déformer son apparence**. Dans certains, elle avait parut **grande et svelte**. Dans d'autres, elle était petite et **potelée**. Elle se rappela des miroirs de sa maison et du fait que tout semblait s'inverser verticalement sur leur surface: sa main gauche devenait droite, son pied droit devenait gauche et **le petit grain de beauté sous son genou** droit changeait de place pour se positionner sous son genou gauche! C'était comme si un miroir était une **fenêtre qui lui montrait un monde parallèle** et

89

Vanessa se demanda quoi d'autre aurait changé dans ce monde.

Lorsqu'ils montèrent au bord du train qui allait les emmener chez eux, Vanessa posa sa tête sur l'**épaule** de son père et ferma les yeux. Elle était fatiguée après sa journée au parc et **elle profita du voyage de retour** pour se reposer un peu.

Son sommeil fut mouvementé et **elle rêva qu'elle avait franchit un miroir**. Dans cet univers parallèle, elle trouva que sa famille et ses amis étaient toujours affectueux et doux, mais qu'**ils avaient beaucoup changé**.

Sa mère, une femme très calme, **paisible** et organisée, courrait de pièce en pièce dans la maison en préparant le dîner.

-**Vous voilà enfin**, mes chéris! Dit-elle **avec une voix aiguë**. - Le dîner va être prêt dans une demie-heure. Allez vous laver et vous changer puis revenez me rejoindre.

Son effervescence surprit Vanessa et elle se tourna pour regarder son père. Celui-ci **n'avait pas l'air surpris du tout**. Il lui sourit et partit faire ce qu'avait demandé sa mère sans rien dire.

Elle en était encore plus surprise car **son père était quelqu'un de très bavard**. Il commentait sur tout, d'habitude.

Cette nuit là, avant de s'endormir, elle passa quelques instants à penser au changement de personnalité de ses parents. Ce n'était pas une différence négative, ils étaient toujours très gentils et doux avec elle et il s'aimaient clairement. Mais, **elle** était intriguée par leur comportement. C'était comme si elle avait perdu la mémoire et devait faire leur connaissance de nouveau. Elle laissa échapper un rire à l'idée de devoir mieux connaître les gens avec lesquels elle avait passé toute sa vie.

Le lendemain, Papa l'avait conduit à l'école. Au début, elle était horrifiée lorsqu'elle vit qu'il s'était mit dans le siège qui était à droite et qu'il conduisait sur le mauvais coté de la route. Cependant, lorsqu'elle arriva en classe sans accidents, elle s'était dit que sa réaction était peut être exagéré. Elle entra en classe et salua son enseignante qui, elle aussi, paraissait différente. Mademoiselle Dupain avait l'air plus stricte. Elle ne félicita pas ses élèves avec son enthousiasme habituel lorsqu'ils répondirent aux questions mais plutôt en disant que c'était la bonne réponse avec un léger sourire, presque imperceptible. Elle n'était pas méchante ni cruelle, seulement très calme. Elle rappela à Vanessa son père qui avait subit une transformation pareille.

Lorsqu'elle descendit à la cours lors de la récréation, elle ne pouvait reconnaître ses amis que par leurs apparences. Rose, son amie qui était d'habitude calme et timide, n'avait aucun problème pour dire tout ce qui lui passait par la tête. Elle parlait sans cesse et à haute voix. André, l'intellectuel de la classe, avait un coté capricieux et jouait des tours à tout le monde. Et Marie qui d'habitude ne se tut pas, resta assise avec eux sans rien dire.

Vanessa se demanda si, pour eux aussi, elle avait changé. Comment se comportait-elle d'habitude dans ce monde? Et si elle s'y trouvait en ce moment, **est-ce que ça voulait dire** que sa version parallèle se trouvait dans son monde?

Elle voulait tellement rentrer chez elle!

En fin de journée, son père vint la chercher et les deux passèrent le trajet de retour en silence. Vanessa pensa à son père bavard qui lui manquait tant et eut de nouveau **une sensation de mal du pays**.

Une fois chez elle, **sa maman papota sans arrêt** et bien que la petite fille appréciait la présence de la dame, ce n'était pas la mère à laquelle elle était habituée. Elle voulait sa maman, son papa et ses amis. **Tout était différent ici**, et elle n'était pas habituée à tout ces gens. Ils étaient tous sympa, mais elle ne les connaissait pas. **Elle repensa à sa journée passée au parc** et se dit qu'être dans un univers parallèle était un peu **comme se voir dans un miroir rigolo**. c'était curieux et intéressant mais elle ne voulait pas prendre **l'apparence reflété** pour toujours. Elle alla se coucher et **pria de se réveiller dans son monde**.

Le lendemain, sa prière devint réalité et **tout était rentré dans l'ordre**. Ce n'était pas vraiment un autre jour, car elle était dans le train et **se rappela qu'elle s'était endormi** lorsqu'elle rentrait chez elle avec son père.

Vanessa savait bien que **ce n'était qu'un rêve** qu'elle avait fait à cause de ses pensées avant de s'endormir, mais elle en tira une bonne leçon. **Tout était déjà parfait dans sa vie** et tout le monde se comportait comme prévu.

-Bien dormi? **Papa demanda en lui pinçant le nez**.

-Oui. Dit-elle avant de le prendre dans ses bras.

Ils passèrent le reste du voyage à parler de son rêve et de leur journée au parc. Et Vanessa sourit **en voyant son père agir comme d'habitude**.

Vocabulary

Une merveilleuse journée passée au parc d'attraction: *A great day spent at the amusement park*

Par dessus son épaule: *Over her shoulder*

Palais des glaces: *Mirror maze*

C'était très amusant: *It was very fun*

La prochaine fois: *Next time*

C'est dommage: *It's a shame*

Les miroirs qui avaient déformer son apparence: *The mirrors had distorted her appearance*

Grande et svelte: *Tall and slim*

Potelée: *Chubby*

Le petit grain de beauté sous son genou: *The little freckle under her knees*

Fenêtre qui lui montrait un monde parallèle: *Window that showed her a parallel world*

Lorsqu'ils montèrent au bord du train: *When the climbed on the train*

Épaule: *Shoulder*

Elle profita du voyage de retour: *She took advantage of the return trip*

Elle rêva qu'elle avait franchit un miroir: *She dreamed that she had crossed into a mirror*

Ils avaient beaucoup changé: *They had changed a lot*

Paisible: *Peaceful*

Vous voilà enfin: *There you finally are*

Avec une voix aiguë: *With a high pitched voice*

N'avait pas l'air surpris du tout: *Didn't seem surprised at all*

Son père était quelqu'un de très bavard: *Her father was usually someone very talkative*

Elle était intriguée par leur comportement: *She was intrigued by their behavior*

C'était comme si elle avait perdu la mémoire: *It was as if she had lost her memory*

Au début, elle était horrifiée: *At first, she was horrified*

Il conduisait sur le mauvais coté de la route: *He was driving on the wrong side of the road*

Sa réaction était peut être exagéré: *Her reaction was perhaps exaggerated*

Mademoiselle Dupain avait l'air plus stricte: *Miss Dupain seemed more strict*

Habituel: *Usual*

Avec un léger sourire: *With a slight smile*

Qui avait subit une transformation pareille: *Who had undergone a similar transformation*

La récréation: *The recess*

Que par leurs apparences: *By their appearance*

Pour dire tout ce qui lui passait par la tête: *To say all that was going through her head*

Avait un coté capricieux et jouait des tours: *Had a mischievous side and played pranks*

Qui d'habitude ne se tut pas: *Who usually didn't shut up*

Est-ce que ça voulait dire: *Did that mean*

Une sensation de mal du pays: *A feeling of homesickness*

Sa maman papota sans arrêt: *Her mother blabbered incessantly*

Tout était différent ici: *Everything was different here*

Elle repensa à sa journée passée au parc: *She thought back to her day spent in the park*

Comme se voir dans un miroir rigolo: *Like seeing oneself in a funny mirror*

L'apparence reflété: *The reflected appearance*

Pria de se réveiller dans son monde: *Prayed to wake up in her world*

Tout était rentré dans l'ordre: *Everything was back to normal*

Se rappela qu'elle s'était endormi: *Remembered that she had fallen asleep*

Ce n'était qu'un rêve: *It was nothing but à dream*

Tout était déjà parfait dans sa vie: *Everything was already perfect in her life*

Papa demanda en lui pinçant le nez: *Dad asked as he pinched her nose*

En voyant son père agir comme d'habitude: *Seeing her father acting like usual*

RESUME DE L'HISTOIRE

Vanessa avait passé une très belle journée dans le parc
d'attraction. Quand elle retourna chez elle avec son père, elle
pensa au palais des glaces et ce que ça ferait d'entrer dans un
miroir. Elle posa sa tête sur l'épaule de son père quand ils
étaient dans le train, elle s'endormit et rêva du monde situé à
l'autre coté du miroir. Tout le monde avait changé et leurs
personnalités devinrent l'opposé totale de ce qu'ils étaient
d'habitude. Bien que ses amis et sa famille de l'univers parallèle
étaient gentils avec elle, les gens auxquels elle était habituée lui
manquaient et une fois réveillée elle réalisa à quel point tout le
monde dans sa vie était parfait.

SUMMARY OF THE STORY

Vanessa had had a very nice day at the amusement park. When she was going back home with her father, she thought about the mirror maze and what it would be like to enter a mirror. As she rested her head on her father's shoulder when they were in the train, she fell asleep and dreamed of the world on the other side of the mirror. Everyone had changed and their personalities became the complete opposite of what they usually were. Though her friends and family in the parallel universe were nice to her, she missed the people she was used to and once she woke up she realized how perfect everyone in her life was.

QUESTIONS ABOUT THE STORY

1) Où était le personnage principale au début de l'histoire?

   A. Dans une forêt
   B. Dans un parc d'attraction
   C. Dans une cabane
   D. Dans un musé

2) Avec qui était-elle?

   A. Son père
   B. Sa mère
   C. Son frère
   D. Sa sœur

3) Quel est son nom?

   A. Valérie
   B. Vanessa
   C. Vivienne
   D. Valentina

4) Lequel de ses personnages n'est pas l'un de ses amis?

   A. Rose
   B. André
   C. Marie
   D. Louisa

5) D'après cette histoire, commet était le père de Vanessa d'habitude?

   A. Bavard
   B. Calme
   C. Ennuyeux
   D. Énervant

QUESTIONS

1) Where was the main character at the beginning of the story?

    A. In a forest
    B. In an amusement park
    C. In a hut
    D. In a museum

2) Who was she with?

    A. Her father
    B. Her mother
    C. Her brother
    D. Her sister

3) What is her name?

    A. Valérie
    B. Vanessa
    C. Vivienne
    D. Valentina

4) Which of the characters is not one of her friends?

    A. Rose
    B. André
    C. Marie
    D. Louisa

5) According to this story, how was Vanessa's father usually?

    A. Bayard
    B. Quiet
    C. Boring
    D. Annoying

ANSWERS

1) B
2) A
3) B
4) D
5) A

Chapter 8. Tant de choses a faire...

Émilien, assis sur son bureau **avec un crayon à la main**, scruta la feuille blanche qui était posée devant lui. Contrairement aux autres personnes **qui avaient d'habitude du mal à trouver de l'inspiration** pour remplir leurs pages, le jeune garçon avait, au contraire, un excès d'idées et **n'arrivait pas à se décider laquelle choisir**. Il voulait écrire une histoire mais il voulait aussi faire un dessin, quoi qu'**il avait aussi envie de plier la feuille et d'en faire un origami**... Oui, oui Il voulait vraiment faire tout ça!

Après quelques instants, **Émilien fit son choix**. Ou plutôt, il décida de ne rien choisir. Après tout, il n'avait pas besoin de choisir une seule activité **quand il pouvait les faire toutes**, n'est-ce pas?

Il allait commencer par le dessin. Il s'était dit qu'il pourrait écrire son histoire sur le verso de la feuille et puis il l'utiliserait pour en faire son origami. Comme ça, il allait aussi économiser du papier blanc!

Il prit un crayon, **une gomme** et des couleurs et se mit au travail. Il commença d'abord par **faire un croquis au crayon**. Il passa une bonne dizaine de minutes à dessiner une prairie avec des fleurs, quelques arbres, des buissons et de **petites maisonnettes distantes**. Il dessina le soleil **sur le coin de la**

feuille et ajouta quelques nuages dans le ciel ainsi que **quelques oiseaux lointains**. Il regarda son croquis et décida qu'il l'avait fini. Mais, quand il était temps pour lui de colorier son dessin, **il s'était lassé de son activité** et décida de reporter le coloriage à plus tard. La partie la plus difficile était terminée, en tout cas.

Il tourna donc sa feuille et utilisa son crayon et une règle pour tracer de fines lignes **sur lesquelles il allait écrire son histoire**. Une fois sa feuille prête, il se mit à écrire. Il introduit son histoire par une formule d'ouverture puis lança les événements et laissa libre court à son imagination. Mais, lorsqu'il arriva à la fin de la feuille et dût conclure son histoire, Il décida de passer à l'origami. La conclusion était facile et **il se dit qu'il pourrait l'écrire après**.

Il prit alors la feuille et commença à la plier: sur deux, puis sur quatre puis il plia les bords. **Il comptait en faire un canard**. Il avait toujours aimé faire ces petites sculptures en papier, mais **il trouvait le processus un peu ennuyeux**. Au bout de quelques moments, Il lâcha la feuille et **descendit à la cuisine pour prendre son goûter**. Il ne lui restaient pas beaucoup de plis à faire, après tout.

-Salut, mon chou. Maman qui était entrain de presser des oranges, se tourna vers lui et lui sourit. -Qu'as-tu fais de beau? Dit-elle.

-J'ai fais un dessin, écris une histoire et fais un origami! Dit-il en énumérant ses activités sur les doigts de sa main avec un sourire fier.

-**Tu as été très productif**, dis donc! Maman commenta et le sourire du garçon devint plus grand. En effet, il se sentait content de tout ce qu'il avait fait.

Maman mit un verre de jus et deux morceaux de pain grillé tartinés de chocolat devant Émilien et posa son café sur la table **avant de s'asseoir en face de lui**. -Tu veux bien me montrer tes œuvres? Demanda-t-elle avec joie.

À sa demande, **Émilien ne se sentit plus aussi fier**. Ses travaux étaient tous **à moitié finis** et il ne pouvait pas les monter à sa mère **dans leur état actuel**. -Et bien... c'est que je n'ai pas tout terminé. Certaines ... ouvres, **sont encore en progrès**. L'informa-t-il.

-Ah! Je vois. Ce n'est pas grave, **tu peux me montrer ce que tu as déjà fini**. Le dessin peut être? Suggéra-t-elle avec encouragement.

-Non... **je ne l'ai pas encore colorié**. Ce n'est qu'un croquis au crayon pour l'instant. Dit-il, avec embarras.

-L'histoire alors? Tu peux me laisser la lire? **Ou bien tu peux me la lire toi même**, si tu préfère!

-Non, non. Je n'ai pas encore écris la fin. Il toussa pour masquer sa gêne et fixa les yeux sur l'une de ses tartines.

-Pas de soucis. Ne t'inquiète pas! Tu peux toujours me montrer ton origami! Je suis sûre qu'il est magnifique.

-Euh, non. **Il pensa à la feuille pliée** qui ne ressemblait pas à grand-chose dans son état actuel et fit une grimace. -Il n'est pas encore fini non plus.

-Mais, pourquoi n'as tu pas fais une seule chose pour pouvoir terminer, mon chéri? Elle demanda curieusement.

Le garçon se tortilla dans sa chaise puis, **haussa les épaules**. -Je voulais tout faire. Je ne voulais pas choisir qu'une seule activité. Dit-il.

-Oui, mais pourquoi n'as tu pas fini l'un de tes travaux **avant de passer aux autres**?

-C'est parce que je m'ennuyai. Je voulais un peu de diversité pour me distraire.

Maman sourit et lui caressa la joue. -**Je parie** que tu veux quand même finir ce que tu as commencé, n'est ce pas?

-Oui, bien sûr. Mais par quoi commencer? Émilien expliqua à sa mère **qu'il avait utilisé une seule feuille** pour ses petites œuvres d'arts.

-Tout d'abord, il faut que tu choisisse. **Tu peux défaire ton origami** pour finir l'histoire et colorier le dessin. Ou bien, tu peux les abandonner et finir ton origami à la place.

Émilien était triste à l'idée de sacrifier ses œuvres et se dit que s'il devait absolument le faire, il préférerait sauver le maximum qu'il pouvait.

Il décida donc de laisser tomber l'origami et **déplia la feuille**. Mais, à son grand chagrin, les plis de l'origami avaient laissé des lignes sur la feuille et **avaient endommagé son croquis**. En conséquence, **il ne parvint pas à le colorier proprement**. Au final, il ne put finir que son histoire.

Maman le réconforta et lui dit qu'une chose de finie était déjà un exploit, et l'applaudit avec enthousiasme **lorsqu'il lui raconta son histoire**.

-La prochaine fois, **utilise une feuille pour chaque chose**. Et **tu n'es pas obligé de tout faire à la fois**, tu sais? Tu peux faire une chose par jour et noter tes idées pour les jours qui suivent. Maman lui dit en l'embrassant sur le front.

Émilien hocha la tête et lui dit **qu'il avait apprit sa leçon**. Mieux vaut bien faire une seule chose et la terminer que de mal faire plusieurs activités.

VOCABULARY

Avec un crayon à la main: *With a pencil in hand*

Qui avaient d'habitude du mal à trouver de l'inspiration: *Who usually had difficulty finding inspiration*

N'arrivait pas à se décider laquelle choisir: *Couldn't decide which one to choose*

Il avait aussi envie de plier la feuille et d'en faire un origami: *He also wanted to fold the paper and to make an origami out of it*

Émilien fit son choix: *Émilien made his choice*

Quand il pouvait les faire toutes: *When he could do them all*

Une gomme: *An eraser*

Faire un croquis au crayon: *To make a sketch with pencil*

Petites maisonnettes distantes: *Distant little houses*

Sur le coin de la feuille: *In the corner of the paper*

Quelques oiseaux lointains: *Some faraway birds*

Il s'était lassé de son activité: *He was bored of his activity*

Sur lesquelles il allait écrire son histoire: *On which he was going to write his story*

Il se dit qu'il pourrait l'écrire après: *He told himself that he would write it later*

Il comptait en faire un canard: *He was planning on making a duck out of it*

Il trouvait le processus un peu ennuyeux: *He found the process a bit boring*

Descendit à la cuisine pour prendre son goûter: *Went down to the kitchen to have his snack*

Tu as été très productif: *You have been very productive*

Avant de s'asseoir en face de lui: *Before she sat facing him*

Émilien ne se sentit plus aussi fier: *Émilien Didn't feel as proud any more*

À moitié finis: *Half finished*

Dans leur état actuel: *In their current state*

Sont encore en progrès: *Are still in progress*

Tu peux me montrer ce que tu as déjà fini: *You can show me what you have already finished*

Je ne l'ai pas encore colorié: *I haven't colored it yet*

Ou bien tu peux me la lire toi même: *Or you can read it to me yourself*

Il pensa à la feuille pliée: *He thought of the folded paper*

Haussa les épaules: *Shrugged his shoulders*

Avant de passer aux autres: *Before moving on to the other ones*

Je parie: *I bet*

Qu'il avait utilisé une seule feuille: *That he had used only one paper*

Tu peux défaire ton origami: *You can undo your origami*

Déplia la feuille: *Unfolded the paper*

Avaient endommagé son croquis: *Had damaged his sketch*

Il ne parvint pas à le colorier proprement: *He couldn't color it properly*

Lorsqu'il lui raconta son histoire: *When he told her his story*

Utilise une feuille pour chaque chose: *Use a paper for each thing*

Tu n'es pas obligé de tout faire à la fois: *You don't have to do everything at once*

Qu'il avait apprit sa leçon: *That he had learned his lesson*

RESUME DE L'HISTOIRE

Émilien était assis devant son bureau et essayait de prendre une décision importante: devait-il dessiner, écrire ou faire un origami? Il regarda la feuille blanche qui était posée sur son bureau et décida de faire toutes ces choses. Il fit un croquis sur un coté de la feuille mais décida de le colorier plus tard. Puis, il retourna la feuille et commença à écrire une histoire sur l'autre coté, mais quand il était temps d'écrire la fin il s'en lassa et décida de commencer à faire l'origami. Il commença à plier la feuille mais abandonna sa tâche et descendit prendre son goûter. Sa mère lui demanda ce qu'il faisait et quand il lui dit elle le conseilla de finir son travail. Cependant, il dût déplier la feuille et gâcha son origami pour finir l'histoire et le dessin et quand il essaya de colorier le dessin, il remarqua que les plis de la feuille avaient endommagé son croquis. Finalement, il termina seulement l'historie et il apprit que faire une chose proprement et mieux que d'avoir plusieurs choses incomplètes.

Summary of the Story

Émilien was sitting at his desk, trying to make an important decision: should he draw, write or make an origami? He looked at the white paper that was on his desk and decided to do all of those things. He made a sketch on one side of the paper but decided to color it later. Then he flipped the paper and started writing a story on the other side, but when it was time to write the ending, he got bored and decided to start making the origami. He started folding the paper but abandoned his task and went down to have a snack. His mother asked him what he had been doing and when he told her she advised him to finish his work. However, he had to unfold the paper and ruin the origami in order to finish the story and the drawing and when he tried to color the drawing, he noticed that the folds of the paper had damaged his sketch. Eventually, he only finished the story and learned that doing one thing properly is better than having several unfinished things.

QUESTIONS ABOUT THE STORY

1) Quel est le nom du personnage principale?

    A. Éloïse
    B. Élie
    C. Émilien
    D. Émilie

2) Où était-il au début de l'histoire?

    A. Dans sa chambre
    B. Dans la cuisine
    C. Dans le salon
    D. Dans le jardin

3) Laquelle de ces choses n'était pas parmi ses activité?

    A. Écrire une histoire
    B. Faire un dessin
    C. Faire du vélo
    D. Faire un origami

4) Qu'avait il mangé pour le goûter?

    A. Des tartines
    B. Des gaufres
    C. Des crêpes
    D. Des brioches

5) Laquelle de ses activités avait-il fini?

    A. Le dessin
    B. L'histoire
    C. L'origami
    D. Aucune

QUESTIONS

1) What is the name of the main character?

    A. Éloïse
    B. Élie
    C. Émilien
    D. Émilie

2) Where was he at the beginning of the story?

    A. In his room
    B. In the kitchen
    C. In the living room
    D. In the garden

3) Which of these things was not among his activities?

    A. Writing a story
    B. Making a drawing
    C. Cycling
    D. Making origami

4) What did he have for a snack?

    A. Toast
    B. Waffles
    C. Pancakes
    D. Buns

5) Which of the activities did he end up finishing?

    A. The drawing
    B. The story
    C. The origami
    D. None

ANSWERS

1) C
2) A
3) C
4) A
5) B

CHAPTER 9. CENTRE SPATIAL

Nathan se leva bien avant la sonnerie de son alarme. Telle était son excitation pour sa visite au **centre spatial** de son pays. Après sa visite au bureau du conseiller d'orientation, celui-ci lui donna la possibilité de visiter le centre spatial **pour pouvoir observer des astronautes en formation.** Son école contacta le centre en question et **il fut invité pour une visite guidée.** Il allait même pouvoir vivre l'expérience grâce au simulateur du centre spatial. **D'après ses recherches,** ça allait être une expérience immersive où il allait voir à quoi ressemblait la station spatiale internationale et il allait même passer quelques moments en état d'**apesanteur. C'était un rêve devenu réalité!**

Il soupira de joie en se brossant les dents. **Il n'arrivait pas à croire qu'il allait passer une journée pareille**! Il termina vite sa toilette puis descendit manger son petit déjeuner. Il devait prendre des forces pour profiter au maximum de sa journée!

Son père le conduit par la suite au centre spatial et **lui dit qu'il reviendrait le chercher à la fin de sa visite.**

-**Amuse-toi bien!** Lui dit-il avant de partir.

Il fut accueilli par de jeunes stagiaires qui lui expliquèrent comment allait se passer sa visite.

-On va te faire passer par le musé **où tu peux apprendre quelques trucs sur l'histoire de l'astronomie** dans cette station. Puis, on va aller voir comment se déroule l'entraînement des astronautes. Et enfin, on va t'enfiler une tenue d'astronaute et faire une petite simulation. Es-tu prêt? **Dit l'un des jeunes gens**.

-**Plus que prêt**! Répondit-il avec enthousiasme.

Il allèrent donc au musé. Nathan y vit des **échantillons** de rochers et de poussières étiquetés provenus de différentes planètes. L'un des stagiaires l'informa qu'ils avaient été ramenés par les vaisseaux explorateurs et lui expliqua certaines de leurs propriétés. Il y avait aussi un catalogue de **toutes les planètes connues à l'homme** avec des spécifications sur leurs galaxies, leurs lunes et les étoiles qu'elles orbitaient. Ils passèrent par la suite à la gallérie des astronautes qui contenait des images de tous les astronautes formés par le centre spatial avec quelques mentions d'astronautes étrangers. Et **ils terminèrent la visite au musé** avec une observation des navettes et vaisseaux construits dans le centre depuis son inauguration. **Nathan remercia les stagiaires pour la visite guidée** ainsi que les informations qu'ils avaient partagés avec lui.

Ils l'emmenèrent après dans le bâtiment où se trouvaient les salles d'entraînements des astronautes. Il y avait des salles de musculation ordinaires, des salles où **les astronautes apprenaient à tolérer les conditions de l'espace** comme la pression et l'**apesanteur** ainsi qu'une salle **où ils simulaient des situations d'urgences** et apprenaient à les gérer. Une des stagiaires lui expliqua que les astronautes devaient être confrontés à tous types de situations **pour pouvoir réagir convenablement une fois dans l'espace.**

-Si jamais un accident se passe, **un voyage de retour vers la terre serait trop coûteux.** C'est pour ça que seuls les personnes étant dans un parfait état de santé et ayant des réflexes irréprochables sont envoyées pour rejoindre les autres astronautes dans la station spatiale internationale! Dit-elle.

Puis, Ils allèrent dans les laboratoires où les équipements étaient testés.

-On prépare aussi la nourriture des astronautes ici. On l'informa. -Vu que chaque gramme compte, **on déshydrate les aliments pour les rendre plus légers** et une fois qu'ils arrivent à la station spatiale, **ils sont réhydratés pour que les astronautes les consomment!** Ils leurs donnèrent après un morceau de gâteau au chocolat. -Tiens. goûte ça!

-Ce n'est pas mal! Est-ce qu'ils ont droit à des fruits?

-Oui, mais pas beaucoup. Les fruits frais ne peuvent pas subir le processus de déshydratation et donc on n'envoie que trois pommes et quelques oranges à chaque fois.

La visite continua et il alla enfin pouvoir vivre la simulation. **Les stagiaires l'aidèrent pour enfiler la tenue** et ils lui expliquèrent que malgré qu'elle paraissait lourde en ce moment, elle ne le serait plus lorsqu'ils déclencheraient l'état d'apesanteur. Il entra ensuite dans une chambre cubique et fut informé que l'expérience allait démarrer.

Le casque de la combinaison était muni d'un écran qui affichait des images d'une autre planète et Nathan eut la sensation d'être sur sa surface. Les stagiaires et ingénieurs de la salle lui parlaient à travers un système de communication radio. Ils l'informèrent qu'ils allaient changer la gravité pour correspondre à celle de la planète simulée.

-**Essaie de prendre quelques pas en avant.** L'ingénieur lui dit.

Nathan exclama de surprise lorsqu'il sentit le poids de son corps et celui de la combinaison changer. Il sauta et regarda autour de lui.

-Ça alors! Murmura-t-il.

-Cool. N'est-ce pas? Dit l'un des stagiaires qui étaient avec lui **depuis le début de sa visite**.

-Oui! **C'est tellement bizarre**!

-Maintenant on va changer d'environnement. Tu vas te trouver dans **la station spatiale internationale qui orbite la terre**. C'est là où sont les astronautes. L'ingénieur l'informa avant que les images affichées sur le casque de sa tenue ne changèrent.

Soudainement, Nathan se trouva en état de flottaison. Ou, plus précisément en **apesanteur**.

-**Bouge les bras et les jambes pour te déplacer**.

-D'accord. Dit-il en se tournant en l'air.

-Si tu regardes à gauche, tu verras les machines de musculation des astronautes. Vu que l'état d'apesanteur annule la notion de poids, ils utilisent l'élasticité des machines pour avoir de la résistance en faisant leurs exercices. La voix d'un stagiaire lui expliqua.

-Et à droite, tu peux voir **de différents objets attaché au mur avec du velcro**. C'est pour éviter qu'ils flottent partout. Dit un autre stagiaire.

-Et c'est quoi ce bruit? Demanda-t-il.

-C'est le système de ventilation de la station. L'air y est filtré grâce à ce système et on peut même **en faire de l'eau potable**.

L'exploration de la version virtuelle de la station spatiale continua pour une dizaine de minutes puis Nathan sortit de la salle. Les stagiaires l'aidèrent pour enlever la combinaison et ils lui donnèrent un certificat d'honneur **avant de prendre une photo avec lui**.

Lorsque son père vint le chercher, il ne se tut pas et **lui raconta tous ce qui s'était passé**.

VOCABULARY

Centre spatial: *Space center*

Pour pouvoir observer des astronautes en formation: *To be able to observe astronauts in training*

Il fut invité pour une visite guidée: *He was invited for a guided tour*

D'après ses recherches: *According to his research*

Apesanteur: *Weightlessness, Zero gravity*

C'était un rêve devenu réalité: *It was a dream come true*

Il n'arrivait pas à croire qu'il allait passer une journée pareille: *He couldn't believe that he was going to have such a day*

Lui dit qu'il reviendrait le chercher à la fin de sa visite: *Told him that he would be back to get him at the end of his visit*

Amuse-toi bien: *Have fun*

Il fut accueilli par de jeunes stagiaires: *He was received by young trainees*

Où tu peux apprendre quelques trucs sur l'histoire de l'astronomie: *Where you can learn a few things about the history of astronomy*

Dit l'un des jeunes gens: *Said one of the young people*

Plus que prêt: *More than ready*

Échantillons: *Samples*

Toutes les planètes connues à l'homme: *All the planets known to man*

Ils terminèrent la visite au musé: *They finished the visit at the museum*

Nathan remercia les stagiaires pour la visite guidée: *Nathan thanked the trainees for the guided tour*

Les astronautes apprenaient à tolérer les conditions de l'espace: *The astronauts learned to tolerate the space conditions*

Où ils simulaient des situations d'urgences: *Where they simulated emergency situations*

Pour pouvoir réagir convenablement une fois dans l'espace: *To be able to react conveniently once in space*

Un voyage de retour vers la terre serait trop coûteux: *A trip back to earth would be too costly*

On déshydrate les aliments pour les rendre plus légers: *The foods are dehydrated to be made lighter*

Ils sont réhydratés pour que les astronautes les consomment: *They are rehydrated for the astronauts to consume*

Les stagiaires l'aidèrent pour enfiler la tenue: *The trainees helped him to put on the suit*

Essai de prendre quelques pas en avant: *Try to take a few steps forward*

Depuis le début de sa visite: *Since the beginning of his visit*

C'est tellement bizarre: *It was so weird*

La station spatiale internationale qui orbite la terre: *The international space center which orbits the earth*

Bouge les bras et les jambes pour te déplacer: *Move your arms and legs to move around*

De différents objets attaché au mur avec du velcro: *Different objects attached to the wall with velcro*

En faire de l'eau potable: *To make drinking water from it*

Avant de prendre une photo avec lui: *Before taking a picture with him*

Lui raconta tous ce qui s'était passé: *Told him all that had happened*

RESUME DE L'HISTOIRE

Nathan se réveilla très excité pour sa visite au centre spatial national. Son père l'y conduit et il avait été accueilli par quelques stagiaires qui le guidèrent par la suite à travers sa visite. Ils le prirent d'abord au musé du centre et il apprit beaucoup de choses sur des échantillons ramené d'autres planètes, des astronautes et même des navettes spatiales. Il fut par la suite emmené au laboratoire où il vit les testes sur les équipement et le traitement de la nourriture qui allait être envoyée aux astronautes dans l'espace. Finalement, il fut emmené à la salle de simulation pour voir ce que ça faisait d'être un astronaute. Il est même parvenu à essayer l'était d'apesanteur et de voir comment était la vie dans la station spatiale internationale qui orbitait la terre.

SUMMARY OF THE STORY

Nathan woke up feeling very excited for his visit to the national space center. His father drove him there and he was welcomed by a few trainees who then guided him through his visit. They first took him to the center's museum and he learned a lot about samples brought from other planets, astronauts and even some space vessels. He was then taken to the lab where he saw the testing of the equipment and the processing of the food that would be sent to the astronauts in space. Lastly, he was taken to the simulation room to see what it was like to be an astronaut. He even got to experience zero gravity and see what it was like to live in the international space station orbiting the earth.

QUESTIONS ABOUT THE STORY

1) Qui est le personnage principal?

- **A.** Nolan
- **B.** Nathan
- **C.** Nicolas
- **D.** Nigel

2) Où allait-il passer sa journée?

- **A.** Au centre spatial national
- **B.** À la station spatiale internationale
- **C.** Au musé
- **D.** Au laboratoire

3) Qui l'y conduit?

- **A.** Son frère
- **B.** Sa mère
- **C.** Sa sœur
- **D.** Son père

4) Quel était le premier endroit qu'il avait visité?

- **A.** Le musé
- **B.** Le laboratoire
- **C.** La salle de musculation
- **D.** La salle de simulation

5) Comment les aliments était-ils traités pour les rendre plus légers?

- **A.** En les pliant
- **B.** En les coupant
- **C.** En les déshydratant
- **D.** En les gonflant avec de l'hélium

QUESTIONS

1) **Who is the main character?**

    A. Nolan
    B. Nathan
    C. Nicolas
    D. Nigel

2) **Where would he spend his day?**

    A. At the National Space Center
    B. At the international space station
    C. At the museum
    D. In the laboratory

3) **Who brings him there?**

    A. His brother
    B. His mother
    C. His sister
    D. His father

4) **What was the first place he visited?**

    A. The museum
    B. The laboratory
    C. The weight room
    D. The simulation room

5) **How was food prepared to make it lighter?**

    A. By folding it
    B. By cutting it
    C. By dehydrating it
    D. By inflating it with helium

ANSWERS

1) B
2) A
3) D
4) A
5) C

Chapter 10. Planètes lointaines

Nathan, intrigué par sa visite au centre spatial, décida **d'apprendre davantage sur l'espace.** Et bien qu'il fut d'abord intéressé par la Lune, **Il voulait étendre ses horizons** et commença à s'intéresser aux autres astres et planètes.

Il commença par faire des recherches sur notre système solaire et apprit plein de choses sur les planètes de notre galaxie. Il prit même le soin de noter ce qu'il trouvait intéressant et important sur un journal et **fit des captures d'écran sur son téléphone**.

Puis, un jour, en regardant un documentaire sur l'espace, il se rappela qu'il y avaient **d'autres galaxies contenant d'autres planètes** et certaines de celles-ci étaient vraiment bizarres et fascinantes.

Lorsqu'il déjeuna avec Maëlle le jour suivant, il lui raconta tout sur les quelques planètes qui l'avaient intrigué le plus.

-Regarda celle-ci! Dit-il en montrant à son amie la photo d'une planète bleue. -Son nom est GJ1214-b et **d'après ce que j'ai lu**, sa surface est recouverte d'eau. c'est pratiquement **un océan géant qui a une profondeur d'une centaine de kilomètres.** Tu imagines le types de créatures marines qui s'y trouveraient si il y avait des êtres vivants? Déjà que **nos océans à nous ne sont pas complètement explorés** et ils ne font que onze kilomètres de profondeur...

-**Je n'ose même pas y penser**. -Dit Maëlle.

-Mais, tu sais, au fond de l'océan de cette planète, la pression est tellement haute que l'eau est transformée en un type exotique de glace, nommé la glace VII (7). Et oui, apparemment **il y a de différents types de glace** dans l'univers.

-Mais, Nathan! Ce qui est plus important c'est la partie liquide de l'océan! Imagine si on parvenait à y aller et à construire des colonies sous marines! **Ce serait un peu comme la Légende de l'Atlantide**! Son amie répondit avec un regard rêveur.

-J'avoue que ce serait super cool! Agréa-t-il avant de passer à une autre image. -**Regarde celle-ci**! Elle est très belle, hein? Mais, méfie toi d'elle. **Sur cette planète il y a des vents très violents** qui ont une vitesse **7 fois plus rapide que la vitesse du son**! C'est à dire qu'ils peuvent traverser 2 kilomètres par seconde! Et **si tu veux une référence**, le vent le plus rapide qui à été noté sur terre avait une vitesse de 484 kilomètres par heure! **C'est épatant**! Et apparemment, il y a des morceaux de verre qui sont emportés par les vents à travers sa surface. Elle s'appelle HD189773-b.

-J'imagine qu'avec une vitesse de vent pareille, **ces morceaux de verre peuvent nous déchirer en un rien de temps**. Dit Maëlle qui semblait être terrifiée par l'idée.

-Oui! Une pluie horizontale de verre! **En voilà une planète meurtrière**!

-Je ne voudrais pas m'y trouver!

-Tu ne risques pas de t'y trouver, vu qu'**elle est à 63 années lumière de nous**. La rassura-t-il avec un sourire.

-Regarde un peu celle-là! Elle s'appelle 55 cancri-e et **c'est une planète qui vaut son poids en diamant**!

-Oh! Ça c'est intéressant! **Que peux-tu me dire sur elle**?

-Et bien, pour commencer, **elle est littéralement faite en diamant**! Elle est à 40 années lumière de nous, et il y fait super chaud.

-Donc celui ou celle qui parviendrai à y mettre les pieds deviendrai riche!

-Pas vraiment. Je ne pense pas que le diamant ait beaucoup de valeur sur une planète qui en est couverte. Remarqua-t-il en haussant les épaules.

-Ah, dommage... Mais ça reste sûrement une très belle planète! Tu dois absolument essayer d'y aller quand tu deviens astronaute!

Nathan rigola et lui dit que **c'était probablement quelque chose d'impossible**. -Mais on pourrait peut être y envoyer des vaisseaux explorateurs un jour... Ajouta-t-il avec un air pensif.

-Tu as d'autres planètes à me montrer? Dit Maëlle **lorsqu'il ne dit rien d'autre**.

-Ah, oui! Celle-ci, c'est Gliese 436b. C'est une planète de glace...en feu!

-**Là, je sais que tu rigole**. C'est impossible, voyons! Maëlle roula les yeux au ciel et le poussa par le bras.

-Si, si! Moi aussi j'ai eu du mal à le croire. Mais, en lisant l'explication scientifique je suis arrivé à comprendre. En gros, la planète est composée d'eau et vu qu'elle est très proche de son soleil, l'eau s'évapore. Sauf que la force gravitationnelle de la planète fait compresser l'eau et la fait **cristalliser** en la tirant vers son **noyau**. Résultât: la glace X (10). **c'est un type de glace chaude qui brûle en permanence**. Mystère résolu! Expliqua-Nathan.

-Je vois! Je ne vais pas prétendre que ça me parait moins bizarre mais je suppose que c'est plus raisonnable. Quoi d'autre?

-Et bien, il y a celle-ci! C'est une planète sortant tout droit des enfers! Elle est sous verrouillage gravitationnel ce qui fait qu'elle ne tourne pas autour d'elle même. Et donc, **une partie fait toujours face à son soleil**, un peu comme la Lune pour nous: on ne voit qu'un coté de l'astre. Bref, cette planète est tellement chaude que **les pierres qui s'y trouvent s'évaporent**, forment des nuages qui par la suite laissent tomber de la pluie de lave et vu que **l'autre coté qui n'est pas exposé au soleil est plus froid**, la pluie de lave **s'endurcit** et se transforme en pierres avant de toucher le sol. Une chose est sûre pour les terriennes, aucune chance de tenter de s'y installer dans ces conditions!

-Je ne te le fais pas dire! C'est quoi son nom? Demanda sa camarade.

-Son nom de catalogue est Corot-7b. l'informa-t-il avant de passer à autre chose. -**Il y a aussi une planète qui tourne autour de deux soleils**. Imagine avec moi. Deux **levers de**

soleil, deux **couchers de soleil**, et tout le monde a deux **ombres**!

-Après les autres planètes **dont tu viens de me parler**, celle-ci parait la moins bizarre! Dit la jeune fille.

-Je suis d'accord. J'aimerai bien y faire un tour.

Les deux jeunes gens parlèrent davantage de **planètes sortant de l'ordinaire** et quand il était temps pour eux de rentrer chez eux, ils se dirent au revoir.

-C'était très intéressant. Merci d'avoir partagé tes nouvelles connaissances avec moi! Dit Maëlle **avant que chacun prit son chemin**.

VOCABULARY

D'apprendre davantage sur l'espace: *To learn more about space*

Il voulait étendre ses horizons: *He want to broaden his horizons*

Fit des captures d'écran sur son téléphone: *Took screenshots on his phone*

D'autres galaxies contenant d'autres planètes: *Other galaxies with other planets*

D'après ce que j'ai lu: *According to what I have read*

Un océan géant qui a une profondeur d'une centaine de kilomètres: *A giant ocean that is about a hundred kilometers deep*

Nos océans à nous ne sont pas complètement explorés: *Our own oceans haven't been completely explored*

Je n'ose même pas y penser: *I don't even dare think about it*

Il y a de différents types de glace: *There are different types of ice*

Ce serait un peu comme la Légende de l'Atlantide: *It would be a bit like the legend of Atlantis*

Regarde celle-ci: *Look at this one*

Sur cette planète il y a des vents très violents: *On this planet, there are very violent winds*

7 fois plus rapide que la vitesse du son: *Seven times faster than the speed of sound*

Si tu veux une référence: *If you want a reference*

C'est épatant: *It's amazing*

Ces morceaux de verre peuvent nous déchirer en un rien de temps: *These shards of glass can tears us up in no time*

En voilà une planète meurtrière: *Now there's a murderer planet*

Elle est à 63 années lumière de nous: *It's 63 light years away from us*

C'est une planète qui vaut son poids en diamant: *It's a planet that it is worth it weight in diamonds*

Que peux-tu me dire sur elle: *What can you tell me about it*

Elle est littéralement faite en diamant: *It's literally made of diamonds*

C'était probablement quelque chose d'impossible: *It's probably something impossible*

Lorsqu'il ne dit rien d'autre: *When he said nothing else*

Là, je sais que tu rigole: *Now, I know that you're joking*

Cristalliser: *Crystallize*

Noyau: *Core*

C'est un type de glace chaude qui brûle en permanence: *It's a type of hot ice that is constantly burning*

Une partie fait toujours face à son soleil: *One side is always facing the sun*

Les pierres qui s'y trouvent s'évaporent: *The stones that are on it evaporate*

L'autre coté qui n'est pas exposé au soleil est plus froid: *The other side which isn't exposed to the sun is colder*

S'endurcit: *Hardens*

Il y a aussi une planète qui tourne autour de deux soleils: *There also a planet that turns spins two planets*

Levers de soleil: *Sunrises*

Couchers de soleil: *Sunsets*

Ombres: *Shadows*

Dont tu viens de me parler: *That you just told me about*

Planètes sortant de l'ordinaire: *Planets out of the ordinary*

Avant que chacun prit son chemin: *Before each of them went on his way*

Resume de l'histoire

Après sa visite au centre spatial de son pays, Nathan devint plus intéressé à l'espace et décida de faire quelques recherches. Un jour, il regarda un documentaire sur des planètes hors de notre système solaire et certaines d'elles étaient vraiment bizarres. Le jour suivant, quand il rencontra son amie Maëlle, il lui dit tout sur ces planètes: l'une était complètement faite en diamant, l'autre était couverte entièrement d'eau et une troisième orbitait deux soleils. Il y avaient même des planètes qui étaient dangereuses comme une qui avait des pluies de pierres sur sa surface ou bien une où des morceaux de verre étaient emportés par ses vents violents! Finalement, son amie le remercia pour les informations amusantes et les deux se séparèrent pour rentrer chez eux.

SUMMARY OF THE STORY

After his visit to the space center of his country, Nathan became more interested in spaced and decided to do some research. One day, he watched a documentary about planets that are outside of our solar system and some of them were really weird. The next day, when he met his friend Maëlle, he told her all about those planets: one was completely made of diamonds, one was covered entirely of water and one orbited two suns. There were some planets which were even dangerous like the one that had rocks raining on its surface or the one where shards of glass were flying with its violent winds! Eventually, his friend thanked him for the entertaining information and the two parted ways to go home.

QUESTIONS ABOUT THE STORY

1) **Comment Nathan avait découvert les planètes bizarre?**
   - **A.** En cherchant sur internet
   - **B.** En regardant un documentaire
   - **C.** En lisant un article scientifique
   - **D.** En lisant un livre

2) **Avec qui avait-il parlé de ses nouvelle connaissance?**
   - **A.** Avec Maëlle
   - **B.** Avec Simon
   - **C.** Avec son père
   - **D.** Avec sa mère

3) **Comment s'appelle la première planète dont ils avaient parlé?**
   - **A.** Corot-7b
   - **B.** Gliese 436b
   - **C.** GJ1214-b
   - **D.** 55 cancri-e

4) **Quelle est la planète qui est faite en diamant ?**
   - **A.** 55 cancri-e
   - **B.** Corot-7b
   - **C.** GJ1214-b
   - **D.** Gliese 436b

5) **Quels sont les deux types de glace mentionnés dans le texte?**
   - **A.** VI et IX
   - **B.** III et IV
   - **C.** V et XI
   - **D.** VII et X

QUESTIONS

1) **How did Nathan discover the weird planets?**
    A. By searching on the internet
    B. Watching a documentary
    C. Reading a scientific article
    D. Reading a book

2) **With whom had he talked about his new acquaintances?**
    A. With Maëlle
    B. With Simon
    C. With his père
    D. With his mère

3) **What is the name of the first planet they talked about?**
    A. Corot-7b
    B. Gliese 436b
    C. GJ1214-b
    D. 55 cancri-e

4) **What is the planet that is made of diamond?**
    A. 55 cancri-e
    B. Corot-7b
    C. GJ1214-b
    D. Gliese 436b

5) **What are the two types of ice mentioned in the text?**
    A. VI et IX
    B. III et IV
    C. V et XI
    D. VII et X

ANSWERS

1) B
2) A
3) C
4) A
5) D

CONCLUSION

Congratulations reader, you made it!

At this point we have shared some laughs, learned some French and more importantly had fun. From here we recommend that you go back through the stories and read them again as your comprehension has surely improved and you're bound to pick up something you may not have seen the first time. The best way to learn this material is through repetition and understanding the words in context. With your expanded vocabulary and improved French skills we also encourage you to even write your own stories! We want to thank you for reading our book and we truly hope you had a wonderful time and learned something new with our French Short Stories.

Keep an eye out for more books in the series as our mission is to serve you, the reader with engaging, fun language learning material.

ABOUT THE AUTHOR

Touri is an innovative language education brand that is disrupting the way we learn languages. Touri has a mission to make sure language learning is not just easier but engaging and a ton of fun.

Besides the excellent books that they create, Touri also has an active website, which offers live fun and immersive 1-on-1 online language lessons with native instructors at nearly anytime of the day.

Additionally, Touri provides the best tips to improving your memory retention, confidence while speaking and fast track your progress on your journey to fluency.

Check out https://touri.co for more information.

OTHER BOOKS BY TOURI

SPANISH

Conversational Spanish Dialogues: 50 Spanish Conversations and Short Stories

Spanish Short Stories (Volume 1): 10 Exciting Short Stories to Easily Learn Spanish & Improve Your Vocabulary

Spanish Short Stories (Volume 2): 10 Exciting Short Stories to Easily Learn Spanish & Improve Your Vocabulary

Intermediate Spanish Short Stories (Volume 1): 10 Amazing Short Tales to Learn Spanish & Quickly Grow Your Vocabulary the Fun Way!

Intermediate Spanish Short Stories (Volume 2): 10 Amazing Short Tales to Learn Spanish & Quickly Grow Your Vocabulary the Fun Way!

100 Days of Real World Spanish: Useful Words & Phrases for All Levels to Help You Become Fluent Faster

100 Day Medical Spanish Challenge: Daily List of Relevant Medical Spanish Words & Phrases to Help You Become Fluent

FRENCH

Conversational French Dialogues: 50 French Conversations and Short Stories

French Short Stories for Beginners (Volume 1): 10 Exciting Short Stories to Easily Learn French & Improve Your Vocabulary

French Short Stories for Beginners (Volume 2): 10 Exciting Short Stories to Easily Learn French & Improve Your Vocabulary

Intermediate French Short Stories (Volume 1): 10 Amazing Short Tales to Learn French & Quickly Grow Your Vocabulary the Fun Way!

Intermediate French Short Stories (Volume 2): 10 Amazing Short Tales to Learn French & Quickly Grow Your Vocabulary the Fun Way!

ITALIAN

Conversational Italian Dialogues: 50 Italian Conversations and Short Stories

Italian Short Stories (Volume 1): 10 Exciting Short Stories to Easily Learn Italian & Improve Your Vocabulary

PORTUGUESE

Conversational Portuguese Dialogues: 50 Portuguese Conversations and Short Stories

ARABIC

Conversational Arabic Dialogues: 50 Arabic Conversations and Short Stories

RUSSIAN

Conversational Russian Dialogues: 50 Russian Conversations and Short Stories

CHINESE

Conversational Chinese Dialogues: 50 Chinese Conversations and Short Stories

ONE LAST THING...

If you enjoyed this book or found it useful, we would be very grateful if you posted a short review.

Your support really does make a difference and we read all the reviews personally. Your feedback will make this book even better.

Thanks again for your support!

FREE FRENCH VIDEO COURSE

200+ words and phrases in audio

you can start using today!

Get it while it's available

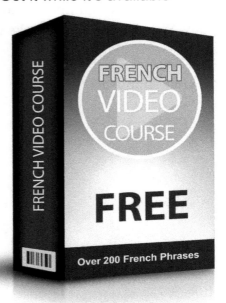

https://touri.co/freefrenchvideocourse-french-iss-vol2/